grafit

Chemnitzer Str. 31, D-44139 Dortmund
Internet: http://www.grafit.de
E-Mail: Grafit-Verlag@t-online.de

Umschlagzeichnung: Peter Bucker
Druck und Bindearbeiten: Elsnerdruck GmbH, Berlin
ISBN 3-89425-226-X
2. 3. 4. 5./01

Jürgen Kehrer

Vorbildliche Morde

Kriminalroman

grafit

Der Autor

Jürgen Kehrer wurde 1956 geboren. Er lebt und arbeitet als freiberuflicher Schriftsteller in Münster.

Dort lässt er auch seine Figur, den Privatschnüffler Georg Wilsberg ermitteln. Derzeit handeln elf Kehrer-Krimis von dem Detektiv: *Und die Toten läßt man ruhen* (1990; vom ZDF verfilmt), *In alter Freundschaft* (1991; ebenfalls vom ZDF verfilmt), *Gottesgemüse* (1992), *Kein Fall für Wilsberg* (1993), *Wilsberg und die Wiedertäufer* (1994), *Schuß und Gegenschuß* (1995), *Bären und Bullen* (1996), *Das Kappenstein-Projekt* (1997), *Das Schapdetten-Virus* (1997), *Irgendwo da draußen* (1998) und *Der Minister und das Mädchen* (1998).

Außerdem schrieb Jürgen Kehrer die Kriminalromane *Killer nach Leipzig* (1993) und *Spinozas Rache* (1995; alle Bücher bei Grafit) sowie Sachbücher über realen Mord und Totschlag in Münster vom 16. bis zum 20. Jahrhundert (*Mord in Münster; Schande von Münster*) und die historischen Kriminalromane *Tod im Friedenssaal, Das Geheimnis der Tulpenzwiebel* und *Mord im Dom* (die letzten fünf Titel: Waxmann Verlag, Münster).

Die Justiz kennt keine Archetypen; sie kennt nur Präzedenzfälle.

(Hans Magnus Enzensberger)

I

Das gute, alte Mitteleuropa, liebe Freunde, verwandelt sich langsam, aber sicher in einen grossen Teich. Ihr merkt schon, wir sind beim Wetterbericht. Die tägliche Horrorbotschaft der Meteorologen lautet: Das Tiefdrucksystem bleibt stabil, heute ist erneut mit ergiebigem Regen zu rechnen. An die Bewohner der üblichen Überschwemmungsgebiete ergeht eine dringende Warnung. Es wird Zeit, sich nach einem trockenen Plätzchen in den oberen Stockwerken umzusehen. Und die weiteren Aussichten sind so trostlos wie niederschmetternd: Regen, Regen ohne Ende.

(Radio Ruhr City)

Die Zeile, ausgedruckt auf weißem Kopierpapier, steckte in einer Plastikfolie. Sie war neben einer Leiche gefunden worden und galt daher als Beweismaterial. Kriminaloberrätin Ulrike Conrady nahm die Folie in die Hand.

Tang und Algen hielten sich an ihr ein

Normalerweise neigten Mörder nicht zu Lyrik. Wenn geschriebene Botschaften am Tatort hinterlassen wurden, dann zumeist semantisch verknappte Äußerungen von Hass und Wut.

Conrady griff nach der zweiten Folie.

So daß sie langsam viel schwerer ward

Zweifellos passten die Zeilen zusammen. Interessanterweise war die zweite Zeile nicht nur bei einer anderen Leiche entdeckt worden, sie stellte auch die einzige erkennbare Verbindung zwischen den Gewalttaten dar.

Mordfall Nummer eins: Christine Bielmann, 40, nicht berufstätig, lebte mit Ehemann und Tochter in einem Reihenhaus in Waltrop. Bielmann wurde erwürgt, ihre

Leiche in der Nähe der Autobahnauffahrt zur A 2 abgelegt.

Mordfall Nummer zwei: Dieter Wandstroth, 55, Rechtsanwalt, allein stehend, geschieden, keine Kinder. Besaß eine eigene Kanzlei in Dortmund-Benninghofen. Die Todesursache war noch unklar. Jugendliche hatten Pakete mit Teilen von Wandstroths Leiche aus dem Teich im Dortmunder Westfalenpark gefischt. Bislang fehlte der Kopf. Die Identifizierung war mit Hilfe eines genetischen Vergleichs gelungen.

Hätte es die Gedichtzeilen nicht gegeben, niemand wäre auf die Idee gekommen, dass die Morde zusammenhingen. Die örtlichen Mordkommissionen hätten getrennt voneinander operiert. So aber gab es eine Besprechung in der Kleinen Lage, dem unterirdisch gelegenen Konferenzraum der Zentralen Kriminalpolizei Ruhrgebiet.

Conrady war Leiterin der Sonderkommission Serientäter. Sie blickte sich um. Die Sonderkommission Organisierte Kriminalität war mit Kriminaloberrat Mario Klaassen und zwei Beamten vertreten, Conrady selbst hatte Oberdorf und Herzog mitgebracht. Außerdem waren die beiden Hauptkommissare anwesend, die die Fälle zuerst bearbeitet hatten. Kriminaldirektor Thomas, der Chef der ZKR, leitete die Sitzung.

»Wir haben zu entscheiden«, begann Thomas, »ob die SK Serie oder die SK Organisierte Kriminalität die Fälle übernimmt. Ich schlage vor, dass zunächst die Erstermittler berichten. Herr Mensing aus Waltrop, bitte!«

Die Tageslichtlampen erloschen, ein Videofilm wurde auf die Leinwand an der Stirnseite des Raumes projiziert. Die Leiche der Bielmann, halb entkleidet, in einem Gebüsch liegend. Eine Frau mit gewöhnlichen Gesichtszügen, mittelgroß, zur Korpulenz neigend. Sie trug eine Jeans, eine Bluse und einen kurzen Mantel. Die Hose war geöffnet und ebenso wie der Slip bis zur Mitte der Oberschenkel heruntergezogen.

Der Hauptkommissar aus Waltrop kommentierte: »Der Fundort der Leiche ist offensichtlich nicht der Tatort. Es gibt keine Kampfspuren, und obwohl der Boden rund um das Gebüsch vom Regen aufgeweicht ist, findet sich kein einziger brauchbarer Fußabdruck. Wie es aussieht, hat der Täter die Leiche vom befestigten Seitenstreifen aus in das Gebüsch geworfen. Wir haben das mit einer Puppe nachgestellt. Für einen kräftigen, gut durchtrainierten Mann ist das ohne weiteres möglich.«

Die Kamera zoomte auf den Kopf der Bielmann.

»Sehen Sie die Abdrücke am Hals? Sie stammen von einem Strick, den der Täter benutzt hat, um die Frau zu erwürgen. Den Strick hat er nicht zurückgelassen, wir konnten allerdings mehrere kleine Fasern sicherstellen, die sich aufgrund der heftigen Kopfbewegungen gelöst haben. Es handelt sich um einen altertümlichen Hanfstrick. Laut Labor ist er mindestens zwanzig Jahre alt.«

Die Mitteilung sorgte für ein erstauntes Raunen.

Mensing blätterte in seinen Unterlagen. »Der Todeszeitpunkt wird vom Gerichtsmediziner mit zehn Uhr abends angegeben, plus minus eine halbe Stunde. Die Leiche wurde am nächsten Morgen von vorbeifahrenden Berufspendlern entdeckt, wir erhielten zwischen sechs Uhr und sechs Uhr dreißig drei Anrufe.«

Der Videofilm brach ab, die hinter stilisierten Fenstern versteckten Leuchten gingen wieder an.

»Nun zum Geschehen am Tatabend. Christine Bielmann hat letzten Dienstag um neunzehn Uhr ihr Haus in Waltrop verlassen und ist mit dem Auto zum Parkplatz Stadtmitte gefahren. Um neunzehn Uhr dreißig nahm sie an einem Englischkurs der örtlichen Volkshochschule teil. Es war bereits der vierte Kursabend, Bielmann wollte anlässlich eines geplanten Florida-Urlaubs über Weihnachten ihr Englisch auffrischen. Wir haben alle Teilnehmer und die Dozentin befragt. Mit Ausnahme von zwei Frauen, die sich nicht genau erinnern können, bestätigen alle, dass Bielmann an dem besagten Abend anwesend war. Sie sei weder aufgeregt gewesen noch habe sie sich sonst wie auffällig benommen. Der Teilnehmerkreis – ich komme darauf zurück – besteht aus elf Frauen und einem Mann.«

Mario Klaassen strich sich gedankenverloren über den dichten Schnurrbart. Der pedantische Vortrag des bedächtigen Waltropers schien ihn zu langweilen. Klaassen war Halbitaliener, man munkelte, dass mehrere Mitglieder des sizilianischen Zweigs seiner Familie der Mafia zum Opfer gefallen waren. Er merkte, dass Conrady ihn beobachtete, und warf ihr einen kurzen Blick zu.

Conrady konzentrierte sich wieder auf den Bericht.

»... muss der Mörder die Bielmann auf dem Weg zu ihrem Auto abgefangen haben. Der Wagen stand jedenfalls noch auf dem Parkplatz Mitte, als Bielmanns Ehemann dort gegen dreiundzwanzig Uhr eintraf. Werner Bielmann sagt, er sei zunächst davon ausgegangen, dass seine Frau, gegen ihre Gewohnheit, mit anderen Kursteilnehmern in einer Gaststätte etwas getrunken habe. Erst um zweiundzwanzig Uhr dreißig wurde er unruhig und machte sich auf die Suche. Nachdem er in den Lokalen rund um die Volkshochschule keinen Erfolg hatte, erstattete er um vierundzwanzig Uhr eine Vermisstenanzeige. Die Anzeige wurde aufgenommen, aber gemäß den gültigen Vorschriften auf Eis gelegt. Der männliche Kursteilnehmer, den ich vorhin erwähnte, ist übrigens von seiner Frau abgeholt worden. Mehrere Zeugen bestätigen das.«

»Was ist mit dem Ehemann?«, fragte jemand. »Hat er ein Motiv?«

»Für den Todeszeitpunkt hat er ein Alibi. Die im Haus lebende Tochter sagt aus, dass sie den Abend mit ihrem Vater vor dem Fernseher verbracht habe.«

»Ein schwaches Alibi«, bemerkte Herzog.

Mensing lächelte die Hauptkommissarin an. »Es ist nicht nur das Alibi. Selbstverständlich haben wir uns im Verwandten- und Bekanntenkreis der Bielmann nach familiären Konflikten umgehört. Niemand weiß etwas über außereheliche Beziehungen oder Eifersuchtsszenen. Finanzielle Aspekte spielen ebenfalls keine Rolle. Christine Bielmann hatte keine Lebensversicherung, das Haus in Waltrop ist auf den Namen beider Ehepartner eingetragen, Gleiches gilt für die Konten und Sparbücher.«

Herzog, eine Frau mit kantigem Gesicht und blondem Kurzhaar, verzog keine Miene. »Sie haben einen wichtigen Punkt ausgelassen, Herr Mensing. Der Unterleib der Leiche ist entblößt. Wurde Christine Bielmann vergewaltigt?«

»Nein. Nicht direkt.«

»Können Sie das erläutern?«, schnappte Kriminaldirektor Thomas.

»Gerne. Im Genitalbereich wurden keine Samen- oder Kondomspuren gefunden. Auch fehlen die für eine Vergewaltigung typischen Verletzungen. Allerdings hat der Täter einen massiven Gegenstand in den Anus der Bielmann eingeführt.«

Conrady fragte: »Meinen Sie mit massivem Gegenstand ein männliches Glied?«

Der Hauptkommissar aus Waltrop wurde rot. »Wenn ich männliches Glied gemeint hätte, hätte ich männliches Glied gesagt. Sie können das im Obduktionsbericht nachlesen, der Ihnen vorliegt. Der Gerichtsmediziner geht von einem runden, hölzernen Gegenstand aus. Solche Praktiken werden gelegentlich in Sado-Maso-Kreisen angewandt.«

In der Runde herrschte verblüfftes Schweigen.

»Um Ihre nächste Frage vorwegzunehmen«, fuhr Mensing fort, »es gibt nicht den geringsten Hinweis, dass Christine Bielmann oder ihr Ehemann einem Sado-Maso-Club angehörten oder dass die beiden privat ... mit anderen Worten: Ein Unfall bei einem Sex-Spiel scheidet für mich als Todesursache aus. Und lassen Sie mich abschließend noch eines feststellen: Der Täter ist äußerst professionell vorgegangen. Die Spurensicherung hat nicht die kleinste Kleidungsfaser und nicht das minimalste, für eine genetische Untersuchung verwertbare organische Material entdeckt, abgesehen von dem, was sich zwanglos durch den Kontakt der Bielmann mit ihrem

Mann und ihrer Tochter erklären lässt. Fast würde ich behaupten, der Täter hat Schutzkleidung getragen.«

»Vielen Dank. Das soll fürs Erste genügen«, moderierte Thomas. »Wenden wir uns dem zweiten Fall zu. Herr Kroll aus Dortmund, bitte!«

Der glatzköpfige Hauptkommissar räusperte sich. »Mit einem Film kann ich leider nicht dienen. Da gibt es auch nicht viel zu sehen.« Er grinste. »Es sei denn, Sie sind an sauber filetierten menschlichen Einzelteilen interessiert.«

Als niemand auf seinen Scherz einging, wurde er ernst. Er berichtete, dass zwischen dem Tod der Christine Bielmann und dem Tod von Dieter Wandstroth ungefähr achtundvierzig Stunden lägen. Der Todeszeitpunkt sei nicht exakt zu bestimmen, da die Leiche zunächst eingefroren worden sei, bevor der oder die Täter sie zersägt hätten. Anschließend hätten die Leichenteile noch mehrere Stunden im Wasser gelegen. Dadurch würden sich die Unsicherheitsfaktoren multiplizieren.

»Die Gerichtsmedizin legt sich nur auf ein Zeitfenster von sechs Uhr abends bis sechs Uhr morgens fest«, fuhr Kroll fort. »Mit anderen Worten: Rechtsanwalt Wandstroth wurde irgendwann in der Nacht von Donnerstag auf Freitag ermordet. Ebenso unklar ist die Todesursache. Möglicherweise hat das Zersägen vorausgegangene Verletzungen überdeckt. Da eine Kreissäge verwendet wurde, sind die Schnittränder im Bereich von mehreren Millimetern ausgefranst. Nachweisen lassen sich«, der Hauptkommissar schaute auf seine Papiere, »prämortale äußere oder innere Verletzungen allerdings nicht, die toxischen Untersuchungen blieben ebenfalls negativ. Unsere Hoffnungen richten sich jetzt auf den Kopf, der bislang nicht aufgetaucht ist.«

»Das erinnert mich an den Fall Rohrbach«, sagte Oberdorf, »eine Geschichte aus den fünfziger Jahren des letzten Jahrhunderts, die sich in Münster abgespielt hat. Die Ehefrau wurde verdächtigt, ihren Mann zersägt und die Pakete mit seinen Leichtenteilen in der Aa versenkt zu haben. Der Kopf des Mannes wurde erst einige Jahre später in einem Bombentrichter gefunden.«

Kroll zuckte mit den Schultern. »Den Fall kenne ich nicht. Die Exehefrau von Wandstroth kann's jedenfalls nicht gewesen sein. Die lebt in Böblingen und hat sich zur fraglichen Zeit nicht aus der Stadt entfernt.«

»Ich möchte darum bitten, dass wir erst nach dem Bericht in die Diskussion einsteigen«, fuhr Kriminaldirektor Thomas dazwischen.

»Die Identifizierung der Leiche bereitete uns einige Schwierigkeiten«, nahm der Hauptkommissar aus Dortmund seinen Faden wieder auf. »Die Leichenteile waren unbekleidet; abgesehen von der Gedichtzeile, die einem Paket beigelegt war, gab es keine Hinweise.«

»Was ist mit dem Paketmaterial?«, fragte einer von Klaassens Beamten.

»Standardpakete der Post. Wir sind dann, ausgehend vom geschätzten Alter der Leiche, die Vermisstenanzeigen durchgegangen und haben nach einem männlichen Vermissten zwischen fünfzig und sechzig Jahren gesucht. Der Rest war relativ einfach, sieht man mal davon ab, dass sich Wandstroths Partner erst bei uns meldete, als wir schon zwei Tage auf der Leiche saßen.«

»Wieso das?«, fragte Oberdorf.

»Nun, dieser junge Mann, ein gewisser Marco Bütikofer, war nicht eigentlich der Partner Wandstroths. Bütikofer hat als angestellter Rechtsanwalt gearbeitet, mit einem Festgehalt plus Prämien. Das Beschäftigungsverhältnis lief erst seit einem halben Jahr und die beiden Männer pflegten keine sehr vertrauliche Beziehung. Salopp gesagt: Wandstroth ließ den Chef raushängen. Über das Privatleben Wandstroths wusste Bütikofer so gut wie nichts. Deshalb war er unsicher, wie er sich verhalten sollte, als Wandstroth am Freitagmorgen nicht in der Kanzlei erschien. Zwar platzten mehrere Termine, doch Bütikofer hielt es für möglich, dass sich Wandstroth zu einem Kurzurlaub abgesetzt hatte, zumal er ihn zu Hause nicht erreichen konnte. Erst als am Montag ein weiterer, wichtiger Gerichtstermin platzte, wandte sich Bütikofer an uns.«

Herzog runzelte die Stirn. »Wollen Sie damit sagen, dass Wandstroth keine Bezugspersonen hatte?«

»Richtig. Es gibt Verwandte, zu denen der Rechtsanwalt lockeren Kontakt hielt. Nach seiner Scheidung vor zehn Jahren hatte er mehrere Beziehungen zu Frauen, die jedoch meist nur wenige Monate dauerten. Zum Zeitpunkt seines Ablebens war er solo. Wir haben bei der Durchsuchung von Wandstroths Haus in Wetter die Namen und Adressen der Damen gefunden. Keine war von seinem Tod sonderlich berührt. Es bestätigte sich nur, was wir schon über Wandstroth als Chef wussten: Er scheint kein angenehmer Mensch gewesen zu sein.«

Oberdorf grinste: »Deswegen sind schon Menschen ermordet worden.«

Kroll grinste zurück: »Ja. Aber die letzte Beziehung liegt zwei Jahre zurück. Etwas spät für einen Mord aus Rache.«

Herzog hakte nach: »Könnte Ihnen eine aktuelle Beziehung entgangen sein, eine, die nicht in den Notizbüchern steht?«

»Unwahrscheinlich. Die Spurensicherung hat das Haus auf den Kopf gestellt. Alle weiblichen, genetischen Abdrücke stammen von der Putzfrau und Wandstroths Nichte, die ihn gelegentlich besuchte.«

»Was ist mit dem Geldmotiv?«, fragte Mario Klaassen. »Ist es möglich, dass Wandstroth beraubt oder erpresst wurde?«

»Keine Hinweise«, antwortete Kroll. »Das Haus ist vor unserem Eintreffen nicht durchsucht worden, Geld und Wertsachen sind noch vorhanden, Wandstroths Jaguar steht in der Garage. Eine Erpressung ist theoretisch möglich, unter der Voraussetzung, dass Wandstroth alle entsprechenden Botschaften vernichtet hat und auch nicht auf die Erpressung eingegangen ist; in den letzten Wochen hat er nämlich keinen nennenswerten Betrag von seinen Konten abgehoben und mit den Kreditkarten auch nur das Übliche bezahlt. Wir sind diesem Aspekt natürlich nachgegangen. Denn es gibt einen Umstand, der uns, wie soll ich sagen, stutzig gemacht hat.« Der Hauptkommissar spitzte die Lippen. »Lassen Sie es mich so ausdrücken: Die Kanzlei in Dortmund-Benninghofen macht einen eher schlichten, unauffälligen Eindruck. Wandstroth galt auch nicht als Staranwalt. Trotzdem müssen seine Geschäfte sehr gut gelaufen sein. Das Haus in Wetter ist allein über eine halbe Million Euro wert. Hinzu kommen noch mehrere Eigentumswohnungen, unter anderem die in Münster, in der seine Nichte wohnt. Alles in allem schätze ich Wandstroths Vermögen auf rund zwei Millionen Euro.«

Klaassen lächelte triumphierend.

»Freuen Sie sich nicht zu früh«, sagte Thomas. »Nur zur Vergewisserung: Es besteht kein Zweifel, dass es sich bei der Leiche um Wandstroth handelt?«

»Kein Zweifel«, bestätigte Kroll. »Wir haben sowohl in der Kanzlei wie auch im Privathaus mehrere genetische Proben genommen. Wandstroth ist einwandfrei identifiziert.«

»Können Sie etwas zum Tatort sagen?«

»Nein. Wandstroth hat am Donnerstag um siebzehn Uhr dreißig seine Kanzlei verlassen. Für die Zeit danach gibt es kein Lebenszeichen. Da sein Wagen in der Garage steht, ist er offensichtlich nach Hause gefahren. Wir nehmen an, dass ihn der oder die Täter dort aufgesucht und unter einem Vorwand aus dem Haus gelockt haben. Die Nachbarn haben nichts bemerkt.«

»Gut.« Der Kriminaldirektor lugte über seine Halbbrille. »Damit sind wir mit den Einzelfällen durch. Kommen wir jetzt zu dem Punkt, der uns hier beschäftigt: Haben wir es mit einem Serientäter zu tun oder was verbindet die beiden Morde?«

»Das ist doch einfach«, sagte Klaassen. »Einer der beiden Morde ist eine Verdeckungstat. Die Lyrik soll uns von dem Naheliegenden ablenken.«

»Ich möchte noch einmal einen Schritt zurück«, mischte sich Conrady ein. »Was wissen wir über die beiden Zeilen? Haben sie überhaupt denselben Ursprung?«

»Als wir von dem Fund in Dortmund hörten«, meldete sich der Waltroper Mensing, »haben wir natürlich sofort mit den Kollegen Kontakt aufgenommen. Die beiden Zeilen stammen mit sehr großer Wahrscheinlichkeit aus derselben Quelle. Die Schrift ist identisch, ausgedruckt von einem Laser-Drucker der neuesten Generation auf dem gleichen Papier.«

Der Dortmunder Kroll assistierte: »In einer gemeinsamen Arbeitsgruppe haben wir versucht, eine Beziehung zwischen Bielmann und Wandstroth zu ermitteln. Ohne jedes Ergebnis. Bielmann hat, wie gesagt, früher als Sekretärin gearbeitet, aber nicht für Wandstroth oder eine Institution, für die Wandstroth als Rechtsanwalt tätig war. Auch private Kontakte lassen sich nicht nachweisen.«

»Für mich klingen die Zeilen wie der Anfang eines Gedichtes«, sagte Conrady. »Ich bin zwar keine Expertin, aber beim Stil würde ich auf die erste Hälfte des zwanzigsten Jahrhunderts tippen.«

Mensing und Kroll schauten sich verdutzt an.

»Das haben wir übersehen«, gestand Kroll. »Ich bin stillschweigend davon ausgegangen, dass der Text von dem oder den Mördern stammt.«

»Das ist im Moment sekundär«, entschied Thomas, »zumal wir alle keine Germanisten sind. Ich schlage vor, dass wir die Gedichtinterpretation auf später verschieben.«

Klaassen, der in den letzten Minuten immer unruhiger geworden war, sah seine Gelegenheit gekommen. »Ganz meine Meinung. Zur Abwechslung möchte ich mal ein paar Fakten einbringen. Wandstroth ist für uns durchaus kein Unbekannter, er hat mehrere Pizzeria-Besitzer anwaltlich vertreten, darunter auch Alberto Paduli, der als Pate von Wuppertal gilt. Wir haben Paduli in Verdacht, an Rauschgifthandel und Schutzgelderpressungen im gesamten Bergischen Land beteiligt zu sein. Außerdem ist Paduli Resident der sizilianischen Mafia. Residenten haben die Aufgabe, Schutzräume für gefährdete Mafia-Mitglieder zu organisieren und Gewinne aus illegalen Aktionen in die legale Wirtschaft einzuschleusen. Wandstroths enormes Vermögen lässt darauf schließen, dass er an Geldwäschegeschäften beteiligt war. Und vermutlich hat er dabei einen zu großen Teil für sich selber abgezweigt. Mit solchen Leuten kennt die Mafia keine Gnade.«

»Beweise?«, hakte Thomas nach.

»Keine gerichtsverwertbaren«, gab Klaassen zu. »Zwei Ermittlungsverfahren gegen Paduli mussten eingestellt werden. Wandstroth ist möglicherweise der Schlüssel, mit dem ich Paduli knacken kann. Deshalb möchte ich den Fall haben.«

»Einspruch«, sagte Conrady. »Frauenmorde sind für die Mafia untypisch, lyrische Ergüsse ebenso. Ich glaube nicht, dass die Taten der Organisierten Kriminalität zuzuschreiben sind.«

Klaassen funkelte sie wütend an. »Vergessen Sie die Frau, die ist absolut nebensächlich. Vielleicht wurde sie zufällig Mitwisserin der geplanten Aktion gegen Wandstroth und musste beseitigt werden. Und was diese Zettel angeht, wiederhole ich: ein reines Ablenkungsmanöver.«

»Was meint unsere Profilerin?«, wandte sich Thomas an Herzog. Die Hauptkommissarin hatte eine Zusatzausbildung und wurde im ganzen Bundesland zu Rate gezogen, wenn es um die Erstellung von Psychoprofilen von Serientätern ging.

Herzog zog geräuschvoll die Luft durch die Nase. »Serientäter haben eine sexuelle Motivation, sie wiederholen rituell die Art des Verbrechens, die ihnen die meiste Befriedigung verschafft, und weichen nur unter dem Druck äußerer Umstände von einem einmal gefundenen Ablauf ab. Im Fall Bielmann könnte man eine sexuelle Motivation annehmen, bei Wandstroth sehe ich sie nicht. Die Zerstückelung der Leiche und das Beseitigen des Kopfes sprechen eher für den Typ Rächer, jemand, der sein

Opfer vollständig vernichten will. Außerdem sind die Handschriften sehr unterschiedlich, ein weiteres Argument gegen einen Serientäter.«

»Sage ich doch«, triumphierte Klaassen.

»Allerdings bin ich nicht der Meinung von Herrn Klaassen, was die Gedichtzeilen angeht. Ich denke vielmehr, dass uns der Mörder eine Botschaft übermitteln will, die sich erst aus der vollständigen Kenntnis des Textes ergibt.«

Thomas schaute sie über seine Brille an. »Heißt das, Sie rechnen mit weiteren Morden?«

»Ja. Falls wir ihn nicht vorher fassen. Und wenn ich vorhin von dem Fehlen einer einheitlichen Handschrift sprach, so gibt es doch sozusagen einen unterschwelligen Modus Operandi, nämlich die Vermeidung jeglicher Spuren. Wir alle wissen, dass es beim heutigen Stand der kriminalistischen Technik nahezu unmöglich ist, keine Spuren zu hinterlassen. Da dies in zwei Fällen hintereinander gelungen ist, müssen wir davon ausgehen, dass der Täter die Morde exakt geplant und durchgeführt hat.«

»Ein Profikiller«, nickte Klaassen. »Der Typ ist längst außer Landes.«

»Wieder Einspruch«, sagte Conrady. »Wenn ich Frau Herzog richtig verstehe, gibt es einen Widerspruch zwischen dem Erscheinungsbild und der Ausführung der Morde.«

Herzog zuckte mit den Mundwinkeln. »Darauf wollte ich hinaus. Die Morde strotzen vor Dramatik: eine halb entkleidete Leiche neben einer viel befahrenen Straße, Pakete mit Leichenteilen in einem Park. Warum geht der Täter dieses Risiko ein, nachdem er die Morde emotionslos ausgeführt hat? Ich glaube, er spielt uns etwas vor.«

Thomas blickte von einer Seite zur anderen. »Sie wollen also beide die Fälle haben?«

Klaassen und Conrady nickten.

»Dann entscheide ich, dass die Sonderkommission Serie den Zuschlag erhält.«

Klaassen stöhnte auf. »Darf ich wenigstens die Verbindung zwischen Wandstroth und Paduli untersuchen?«

»Das dürfen Sie. Beschränken Sie sich aber bitte auf diesen Aspekt. Falls sich die Mafia-Spur erhärtet, können wir noch mal neu verhandeln.«

Nach der Sitzung standen sich Conrady und Klaassen gegenüber. Die Kriminaloberrätin hatte breitere Schultern und war anderthalb Köpfe größer als der schmächtige OK-Experte.

Klaassen wippte auf seinen Schuhspitzen. »Eins zu null für Sie, Conrady. Aber ich verspreche Ihnen: Sobald ich etwas in der Hand habe, hole ich mir den Fall zurück.«

Conradys Augen leuchteten spöttisch. »Sie nehmen das zu persönlich, Klaassen.«

Er winkte ab. »Es ist kein typischer Serienfall. Früher oder später werden Sie es einsehen.«

Kriminaldirektor Thomas schaute dem OK-Mann hinterher. »Glauben Sie, dass Herzog Recht hat? Wird es weitere Morde geben?«

Conrady dachte einen Moment nach. »Herzog hat gelernt, sich in einen Täter zu versetzen. Darin ist sie sehr gut.«

»Ja, zumal fast alle Serientäter männlich sind.«

Conrady reagierte nicht auf Thomas' Anspielung. Dass Herzog lesbisch war, war ihre Sache.

Der Kriminaldirektor strich sich über die eisgrauen Haare. »Noch halten die Medien still, weil wir die Sache mit den Gedichtzeilen unter dem Deckel halten. Sobald es weitere Morde gibt oder etwas durchsickert, wird man uns die Hölle heiß machen. Ist Ihnen klar, dass Sie dann neben der Strichjungen-Geschichte einen zweiten Medienfall am Hals haben?«

»Ist mir klar«, sagte Conrady.

II

Mordopfer identifiziert. Bei der Leiche, die am Freitag vergangener Woche von spielenden Kindern im Westfalenpark entdeckt wurde, handelt es sich um den 55-jährigen Rechtsanwalt Dieter Wandstroth aus Wetter, wie Polizeisprecher Norbert Schmitz mitteilte. Wandstroth unterhielt eine Kanzlei in Dortmund-Benninghofen. Die ungewöhnlich grausame Zerstückelung der Leiche bleibt jedoch ein Rätsel. Laut Schmitz können keine näheren Angaben zu Tathergang und Tatmotiv gemacht werden. Wandstroth hatte seine Kanzlei am Donnerstagnachmittag verlassen und war seitdem nicht mehr gesehen worden. Unbestätigten Gerüchten zufolge sucht die Polizei noch nach dem Kopf des Opfers.

(Ruhr Zeitung)

Der Typ schlich jetzt schon zum dritten Mal über den Bahnhofsvorplatz. Wie ein Kunde sah er nicht aus, eher wie ein Bulle oder Sozialarbeiter. Überhaupt, das Geschäft lief saumäßig, weil der Scheißregen einfach nicht aufhörte. Da blieben die alten Schwulen lieber zu Hause, wo es schön warm und trocken war.

Jacob drückte sich enger an die Glasfront und wickelte sich in seine nasse Jacke. Der Tag hatte beschissen angefangen und er würde beschissen enden. Mitten in der Nacht hatte ihn Dennis aus dem Abbruchhaus geworfen. Ein blöder Streit um eine Flasche Wein. Dennis behauptete, es sei sein Wein gewesen. Dabei hatte Jacob oft genug Sachen für alle besorgt. Aber gegen Dennis hatte er keine Chance. Dennis war zwei Jahre älter und viel stärker.

Nicht, dass er dem Abbruchhaus nachtrauerte. Das war kein Hotel, die Besoffenen pissten und schissen in die Ecken, es stank wie im Bahnhofsklo. Aber es war trocken und am Feuer, das sie im Erdgeschoss machten, ließ es sich aushalten. Auf jeden Fall nachts. Wer wollte schon nachts in einem Hauseingang pennen? Noch so eine Nacht und er würde sich eine Lungenentzündung holen.

Jacob schnüffelte. Er stank wie ein Biber. Wenn er sich nicht bald mal waschen und trockene Klamotten anziehen konnte, würde er überhaupt keine Kunden mehr kriegen. Die hatten doch Angst, dass er ihnen die Autositze dreckig machte.

Und Hunger hatte er auch. Nachdem er ein paar Stunden in einem Hauseingang gedöst hatte, war er zu einem Supermarkt gegangen, um die morgendliche Anlieferung zu checken. Normalerweise die beste Gelegenheit, Sachen abzuziehen. Die Anlieferer knallten die Paletten auf den Parkplatz und kümmerten sich um nichts. Da brauchte man nur hinzugehen und sich die Taschen voll zu stopfen. Doch diesmal hatte er Pech gehabt. So ein blöder Supermarktheini kam brüllend angeschossen. Gerade mal drei Joghurts konnte er einsacken, dann musste er auch schon rennen. Zu mehr als einem mageren Frühstück hatte es nicht gereicht. Und jetzt war Nachmittag.

Da war der Typ wieder. Und glotzte herüber. Jacob stand langsam auf. Der Typ roch verdächtig nach Behörde. Behörde war das Allerletzte. Die würden ihn mitnehmen und bei seinem Vater abliefern. Oder in einem Heim. Das war wie die Wahl zwischen Aids und BSE.

Jacob schlenderte zum Eingang und betrat die Bahnhofshalle. Ein Trupp schwarzer Sheriffs lungerte am Info-Stand. Einer bemerkte ihn sofort. Jacob drehte sich um. Da stand der Typ vor ihm.

»Hallo!«

»Lassen Sie mich in Ruhe!«

»Ich möchte nur mit dir reden.«

»Ich aber nicht mit Ihnen.« Jacob linste über die Schulter. Zwei Schwarze machten sich auf den Weg.

»Du hast hier Hausverbot, nicht wahr? Die Schwarzen werden dich mitnehmen.«

»Scheiße, das geht Sie einen Dreck an.«

Die Schwarzen postierten sich links und rechts.

»Kann ich mal deinen Ausweis sehen, Junge?« Der rechte, ein alter Sack mit Brille, mimte den Seriösen.

»Das geht schon in Ordnung«, sagte der Typ. »Der Junge ist mein Neffe. Wir haben uns hier verabredet.«

»Ihr Neffe, so so. Kann ich auch mal Ihren Ausweis sehen?«

»Dafür gibt es wohl keinen Grund.« Der Typ legte Jacob die Hand auf die Schulter. »Komm! Wir gehen.«

Die beiden Schwarzen schauten ihnen nach.

»Okay«, Jacob schüttelte die Hand ab, als sie draußen waren, »vielen Dank und tschüss.«

»Zwanzig Euro«, sagte der Typ.

»Wofür?«

Der Typ lächelte. »Ist das nicht dein Job, ältere Männer zu begleiten?«

»Na klar. Aber erstens kostet das mehr als zwanzig Euro und zweitens sind Sie kein Schwuler.«

»Woher weißt du das?«

»Das *sehe* ich. Ich hab Erfahrung, kapiert?«

Das Grinsen wurde breiter. »Du hast Recht. Ich bin Journalist. Ich bezahle dich für ein Interview.«

Jacob zögerte.

»So, wie *du* aussiehst, könntest du auch ein Bad, trockene Kleidung und etwas zu essen vertragen.«

Das klang verlockend. Meine Fresse, sollte er heute doch noch Glück haben?

Sei vorsichtig!, sagte eine andere Stimme in seinem Kopf. Vielleicht ist das so ein Perverso, der gerne junge Knochen knackt.

»Wo ist das Problem?«

»Das Problem, Mister, liegt darin, dass mir niemand zwanzig Euro fürs Quatschen zahlt. Geld gegen Leistung, so ist das nun mal. Wer sagt mir, dass Sie nicht eine nette kleine Videokamera zu Hause haben und dass sich in Ihrem Bett nicht ein fetter Bär lümmelt, der sich schon mal warm rubbelt?«

Der Typ lachte schallend. »Mein Ehrenwort, es ist keine Falle. Ich schreibe ein Buch über Strichjungen. Und dafür brauche ich authentisches Material.«

Na dann, verdammt noch mal, ohne Risiko war er sowieso am Arsch.

Der Typ wohnte in einem Hochhaus, so ein elender, vergammelter Bunker, in dem niemand seinen Nachbarn kannte. Falls er hier um Hilfe schrie, würden alle nur den Fernseher lauter drehen. Die *ideale* Falle.

Sie fuhren mit dem Aufzug in den sechzehnten Stock. An der Klingel stand: *M. Feld*.

Die Wohnung war klein und sah aus, als habe jemand im Möbelkatalog das Notwendigste angekreuzt. Sauber und ordentlich, aber ohne Charakter. Jacob fühlte sich gleich wieder unwohl. Es roch nach Absteige, nach Versteck.

»Entschuldige, ich habe mich noch nicht vorgestellt: Mein Name ist Martin Feld.«

»Jacob.«

»Was möchtest du als Erstes machen, baden oder essen?«

»Was dagegen, wenn ich mir zuerst die Wohnung angucke?«

Feld schüttelte den Kopf. »Nein.«

Jacob inspizierte die Küche, das Bad und das Schlafzimmer, guckte sogar unters Bett. Sah alles normal aus.

»Ich möchte zuerst baden.«

»Du kennst dich ja aus.« Feld machte eine Handbewegung. »Du kannst mein Shampoo benutzen, Handtücher liegen im Regal.« Ein spöttisches Lächeln. »Allerdings besitze ich keine grüne Farbe und kein Haarspray.«

Jacob griff sich an die grünen, verklebten Stacheln. »Machen Sie sich darüber keine Sorgen.«

Er ging ins Badezimmer und kam gleich wieder herausgeschossen. »Da ist kein Schlüssel in der Tür.«

»Die Schlüssel.« Feld machte ein ratloses Gesicht. »Ich wohne allein, deshalb brauche ich keine Schlüssel. Aber irgendwo müssen welche sein.« Er zog mehrere Schubladen auf.

Jacob hätte wetten können, dass der Typ *nicht* hier wohnte. Irgendetwas war oberfaul. Er musste verdammt vorsichtig sein.

»Ah, hier sind sie ja.« Feld klimperte mit einem Schlüsselbund, er probierte mehrere aus, bevor er den richtigen fand.

Jacob vergewisserte sich, dass die Tür abgeschlossen war. Dann ließ er warmes Wasser einlaufen. Ah, tat das gut. Er fühlte sich müde, todmüde.

Plötzlich schrak er auf, er musste eingedöst sein. Das Wasser war nur noch lauwarm, er fror.

Noch eine warme Dusche, bevor er aus der Wanne kletterte. Seine dreckigen, feuchten, stinkenden Klamotten lagen auf den Fliesen. Jacob überlegte und lauschte nach nebenan. Im Wohnzimmer war es still.

Er suchte die beiden größten Handtücher heraus, wickelte eins um die Hüften, das andere legte er über die Schultern. Trotzdem würde sein Anblick jeden Spanner anmachen. Und die Handtücher machten ihn wehrlos.

Vorsichtig, in Zeitlupe, öffnete er die Tür.

»Ich bin in der Küche«, rief Feld. »Ich habe dir ein paar Sachen von mir rausgelegt. Sie werden dir zu groß sein, aber fürs Erste müsste es genügen.«

Jacob sah die Sachen, eine Jeans, Unterhose, Strümpfe, T-Shirt und Holzfällerhemd. Sie waren tatsächlich viel zu groß, Jacob kam sich vor wie ein Zwerg im Riesenland.

»Es ist nichts Besonderes«, sagte Feld, als er den Topf auf den Tisch stellte. »Nur eine Bohnensuppe aus der Dose.« Er brachte auch noch zwei Teller, Löffel und ein warmes Weißbrot.

Jacob verschlang die Suppe, verputzte das ganze Brot. Feld nahm nur ein paar Löffel.

Der Junge merkte, wie ihm die Augen zufielen. »Und was wollen Sie wissen?«

»Das hat Zeit, ruh dich erst mal aus! Wir können heute Abend reden.«

»Und was machen Sie?«

»Ich muss einiges in der Stadt erledigen.«

»Sie lassen mich hier allein?«

»Ja. Ich vertraue darauf, dass du mich nicht beklaust. Geld oder Wertsachen wirst du ohnehin nicht finden, der Fernseher und das Radio haben nur antiquarischen Wert. Leg dich da auf die Couch!«

Jacob wankte zu dem Polstermöbel. Der angebliche Journalist verschwand und tauchte mit einer Wolldecke auf. Jacob gähnte.

»Mach's dir bequem, mein Junge! Es passiert dir nichts.«

Mein Junge! Das letzte Mal hatte ihn ein alter Bulle so genannt, bevor er ihn ins Bullenauto verfrachtete.

Zehn Sekunden später schlief Jacob ein.

III

KIPPT DER GOLFSTROM? BEFÜRCHTUNGEN, DIE DERZEIT ANHALTENDE REGENPERIODE KÖNNTE AUF EIN ERSTES ›STOTTERN‹ DES GOLFSTROMS ZURÜCKZUFÜHREN SEIN, SIND UNBEGRÜNDET, WIE DAS POTSDAM-INSTITUT FÜR KLIMAFOLGENFORSCHUNG (PIK) MITTEILTE. AUSWIRKUNGEN DER GLOBALEN, VON MENSCHEN VERURSACHTEN ERWÄRMUNG AUF DEN GOLFSTROM, DER IN MITTEL- UND NORDEUROPA FÜR VERHÄLTNISMÄSSIG MILDES KLIMA SORGT, SEIEN ERST IN 50 BIS 100 JAHREN ZU ERWARTEN. DANN ALLERDINGS WERDE IM NÖRDLICHEN TEIL UNSERES KONTINENTS EINE ›NEUE EISZEIT‹ ANBRECHEN. NICHT AUSZUSCHLIESSEN, SO DAS PIK, SEI JEDOCH, DASS DIE ERGIEBIGEN NIEDERSCHLÄGE MIT DEM TREIBHAUSEFFEKT ZUSAMMENHINGEN.

(FRANKFURTER ALLGEMEINE RUNDSCHAU)

Bei der Gruppenbesprechung übernahm Hauptkommissar Wilfried Oberdorf die Leitung. »Nach dem Studium der Akten seid ihr hoffentlich im Bild. Der Fall hat oberste Priorität. Die Chefin wünscht, dass wir mit voller Power zur Sache gehen. Alles Übrige wird zurückgestellt oder an die jeweilige örtliche Kripo delegiert. Sollte Anne mit ihrer Vermutung Recht haben, dass es weitere Morde geben wird, geraten wir sehr schnell ins Kreuzfeuer der Medien. Ihr wisst, was das bedeutet. So lange die Gruppe zwei mit der Strichjungen-Geschichte nicht zu Potte kommt, steht das Image der SK Serie sowie der gesamten ZKR auf dem Spiel.«

Er schaute in die Runde. Neben Hauptkommissarin Anne Herzog, seiner Stellvertreterin, saßen Oberkommissar Jan Lieferscheidt, Oberkommissarin Laura Cicotti und der Neuling der Gruppe, Kommissar Josef Hübner, am Tisch. Während Lieferscheidt und Cicotti gelassen reagierten, glühte Hübner vor Aufregung. Er war erst vor drei Monaten zur Sonderkommission gestoßen, der Doppelmord an Bielmann und Wandstroth stellte seine erste Bewährungsprobe dar.

Oberdorf schmunzelte. »Ich schlage vor, dass wir uns die wichtigsten Zeugen noch einmal vornehmen. Anne und Jan, ihr fahrt zum Ehemann der Bielmann.«

»Ich möchte auch mit der Tochter reden«, sagte Herzog. »Für mich ist das Eifersuchtsmotiv noch nicht vom Tisch.«

»Du meinst, die Bielmann könnte was mit Wandstroth gehabt haben?«

»Wäre doch möglich.«

»Tu, was du für richtig hältst! Josef, wir beide sprechen mit dem Partner von Wandstroth, diesem Marco Bütikofer. Laura, ich dachte, du kümmerst dich um das Gedicht.«

»Das hätte ich auch vorgeschlagen«, erwiderte Cicotti, die Computer-Spezialistin der Gruppe. »Ich werde ein Internet-Suchprogramm starten und, wenn das nichts bringt, einige Literaturwissenschaftler der Region befragen.«

»Davon verstehst du mehr als ich«, sagte Oberdorf großmütig. »Noch Fragen?«

»Ja«, sagte Lieferscheidt. »Ich glaube, dass die Dortmunder Kollegen der Erbschaftsregelung zu wenig Beachtung geschenkt haben. Wandstroth hat ein Video-Testament hinterlassen, das ich mir in den PC geladen habe. Er verteilt sein Vermögen auf die Familie, allerdings bekommt die Nichte aus Münster den größten Batzen. Dieselbe Nichte, die ihn des Öfteren besucht hat.«

Oberdorf runzelte die Stirn. »Daran habe ich auch schon gedacht. Wir werden uns um die Nichte kümmern, im zweiten Schritt.«

»Ich würde das gern übernehmen«, sagte Lieferscheidt.

»Von mir aus. Bedenkt, dass die Zeugen schon mehrfach vernommen worden sind. Falls sie gereizt oder aggressiv reagieren, sollten wir daraus keine voreiligen Schlüsse ziehen.« Er klappte seinen Laptop zu. »Ach ja, Conrady wünscht, über jede neue Entwicklung informiert zu werden. Schickt ihr bitte per Fax oder E-Mail alles, was ihr in die Finger kriegt. Untereinander bleiben wir selbstverständlich auch in Verbindung.«

Die Scheibenwischer konnten die Wassermassen kaum vertreiben.

Lieferscheidt schaute missmutig aus dem Fenster. »Scheißwetter. Ich komme am Wochenende gar nicht mehr in den Garten und das Gras wächst wie Teufel.«

Herzog, die am Steuer saß, verzog den Mund. »Du hast Probleme.«

»Was willst du? Ina kümmert sich um das Haus und ich um den Garten. So ist das nun mal ...«

»... in einer glücklichen Familie«, ergänzte Herzog zwitschernd.

»He, du bist ja nur neidisch.«

»Keine Spur. Cora und ich sind auch ohne Garten glücklich. Im Gegenteil. Ich bin froh, dass ich keine bescheuerte Gartenarbeit machen muss.«

»Heißt das, du hast die Männerrolle?«

»Verpiss dich, Lieferscheidt!«

Der Oberkommissar schwieg. Auf den rechten Spuren gab es einen Stau. Zum Glück konnten sie mit dem Dienstwagen die gebührenpflichtige Schnellfahrerspur benutzen.

»Glaubst du, *Es* hat immer noch was mit Seldschuk?«, begann Lieferscheidt erneut.

»Ich glaube, sie hatte nie was mit ihm.«

»Aber sie war hinter ihm her.«

»Mag sein. Das interessiert mich nicht.«

Lieferscheidt schaute Herzog von der Seite an. »Stehst du auf *Es*?«

»Sexuell? Nein. Sie ist mir zu ... weiblich.«

Lieferscheidt lachte. »Aber du verteidigst sie immer.«

»Ich finde, sie ist eine gute Chefin. Sie verhält sich stets fair und korrekt. Bei dem Druck, unter dem sie steht, ist das nicht einfach.«

»Du meinst, als ...«

»Sag's nicht, Jan! Du redest sowieso nur Müll.« Herzog klemmte sich zwischen die Langsamfahrer und bog auf die Ausfahrt. Sie waren in Waltrop.

Werner Bielmann war tatsächlich gereizt und aggressiv. »Was wollen Sie denn von *mir*? Warum suchen Sie nicht zur Abwechslung mal den Mörder? Meine Frau ist seit sechs Tagen tot, und soweit ich weiß, haben Sie nichts unternommen, um den Mistkerl, der das getan hat, zu schnappen.«

»Tut uns Leid«, sagte Lieferscheidt kalt. »Wir haben den Fall von der örtlichen Kripo übernommen. Deshalb möchten wir die Geschichte von Ihnen persönlich hören.«

Bielmann, ein Mann mit athletischer Figur und leicht vorquellenden Augen, glotzte die blonde Hauptkommissarin an. »Was sind Sie denn? So was wie ein Spezialkommando?«

»Zentrale Kriminalpolizei Ruhrgebiet«, sagte Herzog. »Wir sind in der Tat Spezialisten. Spezialisten für Serientäter.«

»Serientäter?« Bielmann vergaß, den Mund zu schließen, was ihn nicht intelligenter aussehen ließ. »Glauben Sie, meine Frau ist von einem Serientäter ermordet worden?«

»Das wollen wir gerade herausfinden. Und nun erzählen Sie uns bitte haarklein, was an jenem Tag passiert ist, als Ihre Frau verschwand!«

Bielmann erzählte. Lieferscheidt und Herzog achteten darauf, ob er von dem abwich, was er bei der Waltroper Kripo zu Protokoll gegeben hatte. Er blieb exakt bei der gleichen Geschichte.

Anschließend fragte Lieferscheidt: »Und Sie sind sicher, dass Ihre Frau keine außereheliche Beziehung hatte?«

»Ja, verdammt noch mal. Das haben mich schon die ersten Bu... Polizisten gefragt. Wir haben eine glückliche

Ehe geführt. Kiki hat nicht mal an einen anderen Kerl gedacht, geschweige denn, was mit einem angefangen.«

»Nach so vielen Jahren hatten Sie nie den leisesten Zweifel?«

»Vielleicht kommt das in Ihrer Ehe vor, in meiner nicht.«

Lieferscheidts Kopf ruckte nach vorn, Herzog griff ein: »Sie haben ein schönes Haus, Herr Bielmann.«

Bielmann schaute sich um, als sähe er es zum ersten Mal. »Äh ... ja.«

»Ihre Frau war nicht berufstätig.« Sie ließ die Feststellung wie eine Frage klingen.

»Nein, als die Kinder kamen, hat sie aufgehört.«

»Als das zweite Kind kam, richtig? Ihr ältester Sohn ist doch schon aus dem Haus.«

»Richtig. Als Yvonne geboren wurde, hat Kiki aufgehört. Mit zwei Kindern war ihr der Job zu anstrengend.«

»Und Sie arbeiten in einer Fabrik, die Küchengeräte herstellt.« Wieder eine Feststellung.

Bielmann nickte.

»Darf ich fragen, Herr Bielmann, wie Sie zu dem Haus gekommen sind? Rein routinemäßig haben wir Ihre Einkommensverhältnisse überprüft. Das Haus ist nicht mit einer Hypothek belastet. Eine ziemliche Leistung für einen allein verdienenden Arbeitnehmer, der eine ganze Familie ernähren muss.«

»Ich verdiene nicht schlecht«, protestierte Bielmann. »Und Kiki hat damals ja auch einiges verdient, als Sekretärin. Außerdem hat sie eine kleine Erbschaft gemacht. Da haben wir alles zusammengekratzt und uns das Häuschen gekauft. Es war nicht einfach, glauben Sie mir, eine Zeit lang haben wir jede Mark dreimal umgedreht.«

Herzogs Gesicht blieb ausdruckslos. »Ich würde gern mit Ihrer Tochter reden. Ist sie da?«

»Sie ist oben. Aber ich weiß nicht, ob das gut ist. Seit dem Tod ihrer Mutter ist sie völlig durch den Wind.«

Herzog stand auf. »Ich werde behutsam vorgehen.« Sie gab Lieferscheidt mit den Augen ein Zeichen, dass er

Bielmann beschäftigen sollte. »Ich bin gleich wieder da.«

Als sie den Raum verließ, hörte sie Bielmann sagen: »Ich möchte meine Frau beerdigen. Wann wird sie freigegeben?«

Yvonne lag auf ihrem Bett und hatte ein verquollenes Gesicht. Ein pummeliges, unglückliches Mädchen.

Herzog stellte sich vor.

»Ich weiß doch nichts.« Yvonne schniefte. »Ich habe null Ahnung, wer Mama ...« Sie drehte sich um und starrte die Wand an.

»Ich verstehe dich«, sagte Herzog sanft. »Du hast den liebsten Menschen verloren, den es auf der Welt gibt.«

Ein trockenes Schluchzen.

»Und ich will den Mörder deiner Mutter finden. Vielleicht hat er vor, noch andere Menschen umzubringen. Ich brauche alle Informationen, die ich kriegen kann, und deshalb muss ich mit dir reden.«

»Lassen Sie mich in Ruhe!«

»Sieh mal, oft verfügen die Angehörigen von Mordopfern über entscheidende Hinweise, ohne dass ihnen deren Bedeutung klar wäre. Manchmal sind es nur Kleinigkeiten, eine zufällige Begegnung auf der Straße, ein Telefonanruf, ein Brief.«

»Es gibt nichts.«

»Bis zum Mord hat man das längst vergessen und in der Trauer, die man danach empfindet, erscheint alles andere unwichtig.«

»Nichts.«

»Na schön.« Herzog seufzte. »Und du bist sicher, dass du den Abend, als es passierte, mit deinem Vater vor dem Fernseher verbracht hast?«

»Ja.«

Die Hauptkommissarin legte ihre Visitenkarte auf das Kopfkissen. »Ruf mich an, wenn dir doch noch was einfällt. Jederzeit.«

»Was hat die Tochter erzählt?«, fragte Lieferscheidt.

»Nichts.«

»Glaubst du, sie deckt ihren Vater?«

»Nein, eigentlich nicht.«

Bei der Rückfahrt saß Lieferscheidt am Steuer. Herzog wirkte nachdenklich.

»Der Fall passt in kein Schema. Ich denke, das wird eine harte Nuss.«

Marco Bütikofer verströmte einen sauren Geruch.

Angstschweiß, dachte Oberdorf.

Die Kanzlei war erstaunlich schäbig für einen Mann, der über zwei Millionen Euro verfügte. Zwei Sekretärinnen, zwei Büros, ein Warteraum, abgenutzte Möbel, Wände, die einen neuen Anstrich brauchten. Das Ganze in einem tristen grauen Haus an einer viel befahrenen Straße, die direkt nach Schwerte führte. Understatement nannte man das wohl.

»Ich habe keine Ahnung, wie es weitergeht«, sagte Bütikofer. Er trug einen grauen Anzug, an seinem feisten Hals baumelte ein schwarzer, deplatziert wirkender Schlips. »Im Moment ist unklar, wem die Kanzlei eigentlich gehört. Ich meine, ich bearbeite die Fälle, die wir übernommen haben. Aber die Verwandten werden die Kanzlei wohl verkaufen. Was sollen sie auch sonst machen?«

Oberdorf ließ seinen Blick durch den Raum schweifen. An der Wand hing ein Druck von Goya. *Die Panik*. Nicht die richtige Ablenkung für jemanden, der sich Sorgen um seine Zukunft machte.

»Wussten Sie, dass Ihr Chef vermögend war?«

»Vermögend? Sie sehen ja selbst, wie es hier ...« Bütikofer machte eine hilflose Armbewegung. »Wandstroth fuhr einen Jaguar, klar, und einmal war ich in seinem Haus in Wetter. Ich dachte: Warum steckt er nicht mehr Geld in die Einrichtung, dann bekommt er auch andere Mandanten.«

Oberdorf starrte dem jungen Rechtsanwalt direkt in die Augen. »Wandstroth besaß zwei Millionen. Woher stammt das Geld, Herr Bütikofer?«

Bütikofers Oberkörper schwabbelte wie ein Glibberpudding. »Fragen Sie nicht mich!«

»Wen sonst?«

»Ich bin erst seit einem halben Jahr hier. Die Umsätze reichten, um die Kosten zu decken. Da blieb nicht viel übrig.«

»Nichts, was Wandstroth reich gemacht haben könnte?«

»Kleckerkram. Man muss schon Notar sein und große Wirtschaftssachen machen, um richtig Geld zu verdienen.«

»Und in der Vergangenheit?«

»Ich habe die Sekretärinnen gefragt. Die sagen, es sei schon immer so gewesen, seit sie für Wandstroth arbeiten. Die eine ist fünf, die andere zehn Jahre in der Kanzlei.«

Oberdorf begutachtete seine Fingernägel. Er wollte Bütikofer ein bisschen schmoren lassen. Der Bursche schwitzte gerade sein Hemd durch.

»Geben Sie uns einen Tipp, wer Ihrem Chef ans Leder wollte!«

»Ich kann Ihnen keine Namen nennen. Seit Tagen zerbreche ich mir darüber den Kopf. Mein Gott, ein Rechtsanwalt, der seit Jahrzehnten im Geschäft ist, hat sich selbstverständlich Feinde gemacht. Mandanten, die mit seiner Leistung unzufrieden sind, gegnerische Parteien, die sich übervorteilt fühlen. Wir haben Tausende von Vorgängen im Archiv. Wo soll man da anfangen zu suchen?«

»Warum zerbrechen Sie sich darüber den Kopf?«, fragte Oberdorf. »Haben Sie Angst, dass Sie der nächste sind?«

»Was?« Bütikofer hechelte. »Ich?«

Das Wild war in die Enge getrieben, Zeit für den Fangschuss.

»Was ist mit den Pizzeria-Besitzern, die Wandstroth vertreten hat?«

Bütikofer hüpfte hoch, als habe sich eine Wespe in seine Unterhose verirrt. »Damit habe ich nichts zu tun, die Italiener waren alleinige Sache des Chefs.«

»Ich habe gar nicht behauptet, dass Sie damit etwas zu tun haben«, versetzte Oberdorf. »Ich frage Sie nur: Halten Sie es für möglich, dass Wandstroth aus dieser Richtung bedroht wurde?«

»Ich ... ich kann dazu nichts sagen.«

»Haben Sie den Namen Alberto Paduli schon einmal gehört?«

»Nein. Oh, mein Gott! Ich habe geahnt, dass so etwas passieren wird.«

Oberdorf stand auf. »Sie haben doch nichts dagegen, dass wir mit den Sekretärinnen sprechen?«

Bütikofer wirkte apathisch. »Nein, natürlich nicht.«

»Dem haben Sie aber ganz schön zugesetzt«, sagte Hübner, als sie die Treppe hinuntergingen.

»Und was hat es gebracht?«, erwiderte Oberdorf verächtlich. »Einen Scheiß hat's gebracht. Glaub mir, Josef, dieser Mafia-Dreck führt zu nichts. Ich halte zwar sonst nicht viel von Conradys Sachverstand, aber in diesem Punkt bin ich mit ihr einer Meinung.«

Conrady nahm sich die Akten vor. Zwei ermordete Strichjungen, abgeladen auf Müllkippen.

Sie betrachtete zum wiederholten Mal die Fotos. Geschundene, nackte Körper, der eine zehn, der andere elf Jahre alt, grausam zu Tode geprügelt. Beide waren an inneren Verletzungen gestorben. Die Gerichtsmediziner hatten festgestellt, dass die Kinder mit Drogen voll gepumpt waren, vermutlich, damit sie stillhielten und nicht schrien. Keine Hinweise, keine Spuren. Irgendwann waren sie verschwunden, nicht mehr an den bekannten Treffpunkten aufgetaucht. Die Kontakte in der Szene waren locker, vor allem galt es als Tabu, sich an die Polizei zu wenden. Was die Ermittlungen nicht leichter machte. Von mehreren anderen verschwundenen Jungen wurde gemunkelt. Niemand wusste, ob sie sich abgesetzt hatten oder ob sie ...

Conrady stand auf und öffnete das Fenster. Dann

steckte sie sich einen Zigarillo an. Im gesamten Gebäude war das Rauchen untersagt. Schlimmer noch, die Rauchmelder reagierten auf Tabakqualm. Nur wenn man das Fenster weit öffnete, ließen sie sich austricksen.

Conrady blätterte weiter in den elektronischen Akten. Berichte von Hauptkommissar Andreas Seldschuk. Seldschuk hatte sich in den Fall verbissen, besser gesagt, der Fall hatte ihn aufgefressen und als leere Hülle ausgespuckt. Conrady hatte es kommen sehen, sie hatte versucht, Seldschuk aufzuhalten, vergeblich.

Seldschuk war davon überzeugt, dass ein einflussreicher Politiker der Regierungspartei in den Fall verwickelt war. Es gab Gerüchte, der Mann stünde auf Gewalt und ließe sich Knaben zuführen. Natürlich suchte er sich seine Opfer nicht selbst. Dafür gab es Vermittler, so etwas wie Zuhälter, die die Jungen mit Geld köderten. Angeblich wurden auch Videos gedreht und über andere Staaten der EU vertrieben.

Seldschuk hatte bei den mutmaßlichen Vermittlern angesetzt, er hatte sie immer wieder zu Verhören vorgeladen und unter Druck gesetzt. Die Männer schwiegen, sie hatten Todesangst.

Seldschuk kapselte sich ab, wurde immer eigensinniger. Und dann, eines Tages, waren bei ihm die Sicherungen durchgebrannt. Er schlug einen Verdächtigen derart zusammen, dass der Mann für mehrere Wochen ins Krankenhaus musste. Die Ärzte attestierten ihm bleibende Behinderungen.

Seldschuk wurde ohne Bezüge vom Dienst suspendiert. Der Strafprozess stand noch aus, er würde zu einer Gefängnisstrafe und der endgültigen Entlassung führen. Jetzt arbeitete Seldschuk als Privatdetektiv.

Es klopfte an der Tür. Maria Melker, die neue leitende Hauptkommissarin der Gruppe B, trat ein. Melker verzog das Gesicht, als sie Conradys Zigarillo sah.

Conrady warf den Zigarillo nach draußen und schloss das Fenster.

»Setzen Sie sich, Frau Melker! Was gibt es Neues?«

»Nicht viel. Wir durchkämmen zurzeit alle bekannten Plätze und befragen die Kids. Das kostet eine Menge Geduld, bei den meisten fällt die Klappe, sobald sie das Wort Polizei hören.«

»Und?«

»Über die beiden Ermordeten konnten wir nichts in Erfahrung bringen, aber es kristallisieren sich die Namen von vier weiteren Jungen heraus, die von heute auf morgen in der Stricherszene nicht mehr gesehen wurden. Wir haben die Namen und Personenbeschreibungen mit den Vermisstenanzeigen abgeglichen. Das Problem besteht darin, dass sich die Kinder nur mit Vor- oder Spitznamen kennen und häufig die Haarfarbe wechseln.«

Conrady überflog die Namen: Micky, Fuzzy, Karim, Abdul. »Was werden Sie weiter unternehmen?«

»Wir haben die vier zur intensiven Fahndung ausgeschrieben und Europol um Hilfe gebeten. Ich hoffe, dass uns einer von ihnen weiterhelfen kann. Falls er dem Täter begegnet ist und entkommen konnte.«

»Gut.«

Melker fixierte einen Punkt hinter dem Rücken ihrer Chefin. »Da ist noch etwas, Frau Conrady.«

»Ja?«

»Andreas Seldschuk ist mehrfach an den einschlägigen Orten gesehen worden. Offensichtlich ist er weiter an der Sache dran.«

»Daran können wir ihn nicht hindern, so lange er keine Gesetze bricht.«

»Er hat sich schon einmal strafbar gemacht.«

»Ich weiß.«

»Soll ich ihn vorladen lassen?«

»Nein. Ist das alles, Frau Melzer?«

Die Hauptkommissarin ging.

Conrady steckte sich einen neuen Zigarillo in den Mund und stellte sich an das geöffnete Fenster.

Weit im Westen hatte der Regen aufgehört. Die Wolkendecke glänzte blutig rot.

IV

Was macht eine Bibliothekarin, wenn sie auf einem verstaubten Regal der Dortmunder Stadtbücherei einen vorschriftswidrig abgestellten Karton entdeckt? Sie schnappt sich eine Leiter und steigt hinauf. Ob die Dame anschliessend von der Leiter gefallen ist, ist nicht bekannt. Der Inhalt des Kartons wird sie jedenfalls mächtig geschockt haben. Soeben meldet ›dpa‹, dass in der Dortmunder Stadtbücherei ein grösstenteils verbrannter, männlicher Kopf gefunden wurde. Noch hat die Polizei nicht bestätigt, dass der Kopf zu der Leiche des Rechtsanwalts Dieter Wandstroth gehört, die letzten Samstag im Teich des Westfalenparks schwamm. Wir halten euch auf dem Laufenden. Und nun weiter mit den Top Twenty.

(Radio Ruhr City)

Als Jacob aufwachte, roch es schon wieder nach Essen. Er rieb sich die Augen und gähnte. Draußen war es dunkel, anscheinend hatte der Regen aufgehört.

»Ich hab dir ein paar Sachen gekauft«, rief Feld aus der Küche. »Sie müssten dir passen.«

Tatsächlich, da lagen ein Paar graue Chinos und ein Sweatshirt. Der Traum war noch nicht zu Ende. Es war wie Weihnachten. Wie *richtige* Weihnachten. Die Weihnachten seiner Kindheit waren immer brutal verlaufen. Die Alten waren besoffen, wie immer, und kriegten sich im Laufe des Abends garantiert an die Köpfe, während er sich mit seinen Geschwistern um die Geschenke prügelte, soweit welche vorhanden waren.

Jacob zog die Hose an. Genau die richtige Länge, nur ein bisschen zu weit. Er streifte das Sweatshirt über. Irgendwann würde ihm auch dieser komische Samariter die Rechnung präsentieren. Nichts gab's umsonst im Leben. Er musste auf der Hut sein und im richtigen Moment den Abflug machen.

Feld brachte das Essen, Schweineschnitzel, Nudeln und Salat. Jacob lief das Wasser im Mund zusammen.

Dazu gab es Cola. »Du magst doch Cola?«

»Cola ist okay«, sagte Jacob. Er schaufelte sich den Teller voll.

»He, du musst nicht so schlingen«, lachte Feld. »Es nimmt dir niemand was weg.«

Jacob kaute langsamer. »Ist so 'ne Angewohnheit. Wenn man mit anderen zusammen ist, muss man sich ranhalten.«

»Wer sind die anderen?«

»Die Bande eben. Wir treffen uns nachts in einem Haus am Hafen. Das Haus steht leer, soll demnächst abgerissen werden. Da hängen manchmal bis zu zwanzig Typen rum, alles Jüngere. Wenn mal ein Penner auftaucht, schicken wir ihn wieder in die Wüste. Das ist unser Haus. Wir machen es uns richtig gemütlich, mit Lagerfeuer und so.«

»Klingt gut.«

»Ist auch gut.« Sollte der Typ ruhig wissen, dass er nicht auf ihn angewiesen war.

»Während du geschlafen hast, habe ich mir deine Arme und Beine angesehen.«

Jacob zuckte zurück.

Feld hob die Hand. »Ich wollte nur wissen, ob du drogensüchtig bist.«

»Bin ich nicht, Mann. Junk ist verrückt. Ich hab genug Zombies gesehen, die auf Turkey waren. Du musst ständig Brüche machen, um an Geld für den Stoff zu kommen. Und schnüffeln tu ich auch nicht. Das ist absolut debil. Da pustest du dir das Gehirn raus. Alkohol, okay. Gegen Bier und Wein habe ich nichts.«

»Kluge Entscheidung.«

Jacob wurde aus dem Typen nicht schlau. Sah aus wie

ein Normalo, redete wie ein Normalo. Aber ein Normalo sammelte keine Stricher auf, um sie mit Schweineschnitzeln zu füttern. Und für einen Journalisten kam er verdächtig langsam zur Sache. Jacob hatte Journalisten oft genug bei der Arbeit beobachtet. Die waren tougher, immer ein bisschen nervös und hektisch. Dieser hier ließ sich Zeit, unglaublich viel Zeit.

»Was ist mit deiner Familie?«, fragte Feld.

»Oh Mann, das ist eine lange und dunkle Geschichte.«

»Ich habe heute Abend nichts vor.«

»Sie meinen, für Ihre Klamotten und das Essen muss ich was bieten?«

»Ich nenne es einfach Unterhaltung.«

Jacob aß und redete. »Na schön. Sie wollen etwas über meine Familie hören. Ich erzähl Ihnen was über meine Familie. Da hätten wir Mama. Mama hat fünf Kinder in die Welt gesetzt, mich inklusive. Das hat sie total fertig gemacht. Mama braucht schon morgens eine Aufmunterung, Alkohol und Pillen. Nachmittags nimmt sie dann Pillen mit Alkohol. Und dann gibt es Papa. Papa hat früher in einem Stahlwerk gearbeitet, bis sie den Laden dichtmachten. Papa trinkt am liebsten mit seinen Kumpels an der Bude, tagsüber jedenfalls. Abends liegen dann beide, falls sie sich ausnahmsweise mal nicht streiten, friedlich vereint und besoffen in den Sesseln. So war mein Familienleben, Mann.«

»Du kannst Martin zu mir sagen.«

»Von mir aus. Kostet nichts extra.«

Feld lachte. »Möchtest du einen Nachtisch?«

»Was?«

»Nachtisch. Das, was man nach dem Hauptgang isst. Ich könnte dir ein Eis anbieten.«

»Ja, wenn's sein muss, esse ich auch ein Eis.«

Feld brachte das dreckige Geschirr in die Küche und kam mit einem Becher Eis zurück.

»Sag mal, was soll das? Warum machst du das alles?«

»Habe ich doch schon erwähnt. Ich bin Journalist und will eine Reportage über Strichjungen schreiben.«

»Warum fragst du mich dann nach meiner Familie und nicht nach den Onkels, die mich mitnehmen?«

»Später. Zuerst möchte ich dich kennen lernen.«

Jacob hieb den Löffel in das Eis. Der Kerl war nicht ganz dicht, soviel stand fest.

»Bist du das älteste Kind?«

»Nein, ich hab noch 'ne ältere Schwester. Aber die ist nicht besonders hell. Die hat nur Sex in der Birne. Der macht das überhaupt nichts aus, was zu Hause abläuft. Einer meiner jüngeren Brüder ist auch schon abgehauen. Sitzt jetzt in einem Heim.«

»Und wann hast du dich verabschiedet?«

»Das erste Mal vor einem Jahr. Da war ich noch voll unerfahren. Ein Ladenbesitzer hat mich beim Klauen erwischt und bei der Polizei abgeliefert. Und die Bullen haben mich nach Hause gebracht. War das eine Wiedersehensfreude! Mein Vater hat mich grün und blau geschlagen. Nicht mit mir, habe ich gedacht. Das nächste Mal ist es endgültig. Kam dann allerdings doch etwas überraschend.«

»Warum?«

»Na ja, meine Eltern hatten wieder mal Streit und mein Vater ist auf meine Mutter losgegangen. Ich habe ihn angebrüllt, er soll damit aufhören. Kratzte ihn wenig. Da bin ich in die Küche gegangen und hab mir ein Messer geholt. Das hab ich ihm in den Rücken gebohrt.«

»Hast du ihn umgebracht?«

»Nein, er hat zwar gebrüllt wie am Spieß, aber es war nur eine kleine Fleischwunde. Ich hab am nächsten Tag angerufen und meine Schwester gefragt. Sie hat mir geraten, mich fern zu halten. So, wie ich meinen Vater kenne, wird er mich umbringen, wenn ich mich zu Hause blicken lasse.«

»Es gibt noch andere Möglichkeiten.«

»Heim, meinst du? Das ist das Allerletzte. Da wirst du von den älteren Jungs durchgenommen oder von den Erziehern. Wer arbeitet schon freiwillig in einem Heim? Das sind doch alles Päderasten.«

Feld grinste. »Glaube ich nicht.«

»Na klar, ein paar Idealisten laufen da auch rum. Aber die sind mit den Nerven zu Fuß. Ich habe meinen kleinen Bruder im Heim besucht. Ich weiß, wovon ich rede.«

Jacob hatte sein Eis aufgegessen. Feld betrachtete ihn aufmerksam. »Und dann hast du angefangen, als Stricher zu arbeiten.«

»Ich hatte keine große Wahl, oder? Als Minderjähriger in der Fußgängerzone zu betteln, ist zu gefährlich, da schnappen dich sofort die Bullen. Klauen und Brüche sind nicht mein Ding. Und wenn man sich einmal dran gewöhnt hat, ist es gar nicht so schlimm. Normalerweise jedenfalls. Man muss nur aufpassen, dass man keinem Verrückten in die Hände fällt.«

»Was läuft denn so, normalerweise?«

»Das gängigste ist Handbetrieb. Kostet auch nur schlappe dreißig Euro. Für Schweinereien bin ich nicht zu haben. Arschficken oder so ist nicht drin. Manchmal wollen die Schwuchteln einem einen blasen. Das bringt einen Hunderter. Ist zwar ekelhaft, besonders wenn sie sabbern ...«

Feld lehnte sich zurück. »Bist du schon einmal einem Verrückten begegnet?«

»Nein, zum Glück nicht.«

Jacob dachte an den kleinen Karim. Jemand hatte sie für einen Dreier engagiert. Der Typ sagte, er sei nicht selbst interessiert, sondern brächte sie zu einem Kunden. Jacob hatte von Anfang an ein ungutes Gefühl. Aber der Typ wedelte mit Geldscheinen und Karim hatte ihn überredet mitzumachen. Also waren sie in die rote Schleuder gestiegen und quer durchs Ruhrgebiet gebrettert, bis irgendwo in Essen. Hinterher stellte sich heraus, dass es der Essener Süden war, lauter Bonzenvillen und viel Wald. Sie fuhren durch ein Tor, über eine arschlange Auffahrt bis zu einer Art Schloss. Hunde kläfften und zwei Frankensteinfiguren kamen ihnen entgegen. »Lass uns abhauen«, hatte er Karim zugeflüstert. Karim wollte nicht. Da hatte er sich allein vom Acker gemacht, sobald das Auto stand. Eines der Frankensteinmonster hatte ihn verfolgt. Pech für das Monster, dass es im Park so dunkel war. Jacob hatte einen Baum in der Nähe der Mauer gefunden, war hinaufgeklettert und über die Mauer gesprungen. Karim hatte er nie wieder gesehen.

»Woran denkst du?«, fragte Feld.

»An nichts.«

»Vielleicht einer der Freunde?«

»Was?«

»Du hast doch sicher von den Morden gehört, den Morden an Strichern, meine ich.«

»Na klar. Ein verdammter Schweinehund ist das. Wenn wir ihn kennen würden, hätten wir ihn längst alle gemacht.«

Jacob hatte sich bis zum Morgen versteckt und das Tor der Villa beobachtet. Im Morgengrauen kamen mehrere Autos heraus, darunter ein dicker Mercedes. Kein Karim. Kein Name am Tor. Er hatte seine Angst überwunden und war noch einmal über die Mauer geklettert, diesmal in umgekehrter Richtung. Keine Hunde, keine Monster, die Villa sah verlassen aus. Vielleicht lebte Karim ja noch, vielleicht würde er irgendwann auftauchen und sagen: »He, Leute, was wollt ihr? Ich hab nur mal einen kleinen Trip gemacht.«

»Und Videos?«, fragte Feld.

Jacob gähnte. »Mach ich nicht, ist mir zu schweinisch. Werden auch meist in Holland, Belgien oder Dänemark gedreht, da fühlen sich die Wichser sicherer, weil die Bullen mitmischen. Tja, vielen Dank für das Essen, ich glaub, ich mach mich mal auf den Weg.«

Er blieb sitzen.

»Du kannst hier schlafen, wenn du willst«, sagte Feld.

Jacob zog die Nase hoch.

Der Journalist grinste. »Ist kein Hotel, ich weiß. Aber der Service ist nicht schlecht, oder?«

»Okay, ich habe ein paar anstrengende Tage hinter mir. Gegen eine ruhige Nacht hätte ich nichts einzuwenden.« Er schaute Feld fragend an.

»In Ordnung. Du schläfst hier, ich im Schlafzimmer.«

Jacob zeigte auf den Fernseher. »He, ist das eine Attrappe? Oder läuft der auch?«

Sie sahen sich einen Film aus der Alien-Reihe an, der, bei dem Sigourney Weaver auf einem Strafgefangenen-Planeten landet. Jacob mochte besonders den Schwarzen, der aussah wie ein Rap-Sänger. Das war ein echt cooler Typ. Der hatte keine Angst vor dem Alien.

V

Geständnis. Nur für den persönlichen Gebrauch. Haha. Es ist so verdammt einsam hier im Haus. Für mich allein ist es viel zu groß. Ich schlafe mittlerweile im Wohnzimmer. Wohnzimmer, Küche, Bad, mehr brauche ich nicht. In der oberen Etage war ich seit Tagen nicht mehr. Das Schlafzimmer ist mir zuwider, auf meiner Seite des Doppelbettes zu liegen, ständig daran erinnert zu werden, dass sie mich verlassen hat. Einfach so, von heute auf morgen. Sie sei es leid, für den übertriebenen Lebensstandard zu schuften, den ich mir zubilligen würde. Wieso ich? Habe ich das nicht für uns getan? Und ist das nicht der Lebensstandard, der mir rechtmäßig zusteht?

Sie ist zu ihren Eltern gegangen, erst mal Abstand gewinnen, sie hat ihren Job gekündigt, müsse zur Ruhe kommen, weil sie sich total erschöpft und ausgebrannt fühle. Als ob ich nicht schuften würde! Und meinen Sohn hat sie auch mitgenommen. Ich sei nicht in der Lage, mich um ihn zu kümmern, da hat sie vielleicht sogar Recht. Aber wenigstens den Kontakt sollte sie mir erlauben. Ich möchte mit ihm reden, ihn in den Arm nehmen. Das ist nicht fair. Telefonisch lässt sie sich von ihren Eltern abschirmen, die wimmeln mich gnadenlos ab. Ihr Vater bringt Fabian zur Schule und holt ihn mittags wieder ab. Ich habe vor der Schule gewartet, der Alte hat sich zwischen uns gestellt. Beinahe hätte ich rotgesehen, aber es standen zu viele Leute herum, die uns beobachtet haben.

Na ja, eigentlich gebe ich ihr gar nicht die Schuld. Wir könnten ein glückliches Familienleben führen. Wir wären reich, ohne jede Sorgen, wenn ich nicht betrogen worden wäre. Diejenigen, die das getan haben, müssen dafür büßen, einer nach dem anderen.

Vorhin hatte ich Sex mit Marilyn Monroe, ein neuer Chip, den ich mir im Cyber-Laden ausgeliehen habe. Ganz witzig, mit einer berühmten Filmschauspielerin zu schlafen, ihre großen Brüste zu fühlen, die auch schon John F. Kennedy in der Hand hatte. Dazu das verführerische Lächeln und der Schmollmund. Sie war grell geschminkt, das Fleisch an den Hüften und Po-Backen schon etwas schlaff, das Cyber-Modell stammte aus den späteren Jahren, etwa um die Zeit von ›Manche mögen's heiß‹. Aber im Grunde nicht viel anders als die gängigen Versionen, die sie im Angebot haben, die gleichen Bewegungen, das gleiche Gestöhn. Der Typ vom Laden hat mir erzählt, dass demnächst neue Handschuhe auf den Markt kommen, die sind noch dünner, fast unfühlbar, und haben noch mehr Sensoren. Trotzdem bleibt Cyber-Sex künstlich, du weißt jederzeit, dass es nicht echt ist. Irgendwann bist du es leid. Anschließend habe ich mir noch einen Abenteuer-Chip reingezogen, eine Expedition zu den Berg-Gorillas in Kenia. Am Ende kam ein riesiges Männchen auf mich zugerannt, baute sich vor mir auf. Ich hatte das Gefühl, ich könnte seinen stinkenden Atem riechen. Hinterher war ich schweißgebadet, Adrenalin pur.

Eine nette Spielerei, aber nichts gegen einen echten Mord. Als die Bielmann starb, hätte ich fast gekotzt. Es war das erste Mal, dass ich einen richtigen Menschen getötet habe. Im Cyberspace ist das was anderes. Sie hat mich die ganze Zeit angeschaut, die Augen quollen ihr aus den Höhlen. Ich musste alle Kraft aufwenden, um den Strick fest zu halten.

Die Bielmann hat es verdient. Genau wie Wandstroth. Bei dem fiel es mir schon leichter. Mord ist auch eine Frage der Gewöhnung. Mag sein, dass es auch daran liegt, dass er ein Mann war. Und mit Sicherheit der üblere der beiden. Dafür hat er auch den dramatischeren Tod bekommen. Was für eine Schweinearbeit, ihn in kleine Teile zu zersägen. Und hinterher musste ich stundenlang putzen.

Obwohl, den Plan hat die Bielmann ausgeheckt, sie hat Wandstroth angesprochen und dann haben sie's gemeinsam durchgezogen. Sie erstarrte förmlich, als ich es ihr unter die Nase rieb. Damit hatte sie nicht gerechnet, dass ihr nach so langer Zeit die Rechnung präsentiert würde. Da saß sie bereits in meinem Wagen, keine Aussicht zu entkommen. Sie dachte auch gar nicht daran, zitterte nur vor Angst. Vielleicht hoffte sie, dass es nicht so schlimm werden würde. Irrtum.

Am meisten Kopfzerbrechen bereitete mir die Frage, wie sie auf dem Parkplatz vor der Volkshochschule reagieren würde. Aber es ging ganz einfach. Sie machte nur große Augen, ganz das brave Muttchen. Ohne Murren folgte sie mir zu meinem Auto. Und dann saß sie in der Falle.

Bei Wandstroth war es schon etwas schwieriger. Der Kerl wurde arrogant. Als Rechtsanwalt war er nicht so leicht zu beeindrucken. Ich musste ihm mit der Pistole einen kräftigen Schlag auf den Kopf geben. Und ihn dann zum Auto schleppen. Der Kerl wog mindestens neunzig Kilo, das war Schwerstarbeit. Dafür habe ich mir mit dem Kopf einen besonderen Gag ausgedacht. Vorhin kam im Radio, dass er gefunden wurde. Wird ihnen ein nettes Rätsel aufgeben. Neben den anderen, die sie noch nicht einmal bemerkt haben.

Und die Arbeit geht weiter. Gleich habe ich den nächsten Termin.

VI

Heute zu Gast beim Frühstücks-Talk ist Hartmut Becker. Herr Becker, Sie haben, wenn man den Umfragen glauben darf, gute Chancen, der erste gewählte Regierungspräsident des Ruhrgebietes zu werden.

Meine Freunde und ich befinden uns auf einem guten Weg, das ist richtig. Ich persönlich bevorzuge übrigens die Bezeichnung Ruhrstadt, denn es handelt sich doch um eine zusammenwachsende grosse Stadt, die nun endlich auch eine demokratisch legitimierte Regierung erhält.

Heisst das, Sie wollen die alten Städtenamen abschaffen?

Nein. Sehen Sie, in vielen Bereichen gibt es bereits zentrale Institutionen, von der Verkehrsplanung bis zur Verbrechensbekämpfung. Aber die alten, gewachsenen Identitäten sollen nicht mit einem Handstreich beseitigt werden. Deshalb wird es Dortmund, Essen oder Duisburg noch für lange Zeit auf den Städtekarten geben.

(Ruhr-TV)

»Ich weiß jetzt, von wem das Gedicht stammt«, sagte Laura Cicotti. »Es heißt *Ballade vom ertrunkenen Mädchen* und geschrieben hat es Bertolt Brecht. Der Germanistik-Professor, bei dem ich gestern war, sagt, Brecht habe die Ballade im Januar 1919 verfasst, unter dem Eindruck der Ermordung von Rosa Luxemburg.«

»Diese Kommunistin?«, fragte Oberdorf.

»Ja. Rosa Luxemburg hat zusammen mit Karl Liebknecht den Spartakusbund gegründet, den Vorläufer der Kommunistischen Partei Deutschlands. Nach einem gescheiterten Aufstand im Januar 1919 wurden die beiden von Freikorpsoffizieren ermordet und in den Berliner

Landwehrkanal geworfen. Brecht war damals zwanzig Jahre alt, er gehörte nicht zu den Kommunisten, sympathisierte aber mit der Linken.«

Morgenbesprechung bei der SK Serie. Conrady nahm ausnahmsweise teil, überließ aber Oberdorf die Leitung.

»Wollt ihr hören, wie der Text weitergeht?«

Die anderen nickten.

Sie las von dem Mini-Bildschirm ihres Notizbuches ab:

Tang und Algen hielten sich an ihr ein
So daß sie langsam viel schwerer ward
Kühl die Fische schwammen an ihrem Bein
Pflanzen und Tiere beschwerten noch ihre letzte Fahrt.
Im Haar ein Nest von jungen Wasserratten,
und die beringten Hände auf der Flut
Wie Flossen, also treibt sie durch den Schatten
des großen Urwalds, der im Wasser ruht.

»Hat dein Professor auch eine Interpretation geliefert?«, erkundigte sich Herzog.

»Er meint, die Ballade sei ein Jugendwerk Brechts gewesen, stilistisch noch unausgereift. Brecht habe mehrfach den Titel geändert, von der ursprünglich politischen Motivation sei am Ende nicht viel übrig geblieben.«

»Wir sind doch hier kein Germanistik-Seminar«, fuhr Oberdorf unwillig dazwischen. »Mich interessiert nicht, was sich Brecht gedacht hat, sondern was uns der Täter damit sagen will. Wandstroth kann er ja wohl nicht gemeint haben, der schwamm zwar im Wasser, aber war beileibe kein junges Mädchen.«

»Vielleicht gibt uns der Täter mit der Ballade einen Hinweis auf den Grund für die Morde«, schlug Cicotti vor. »Oder er kündigt einen weiteren Mord an.«

»Das ist mir viel zu vage«, grummelte Oberdorf. »Wir brauchen Fakten. Der Schweinehund möchte, dass wir uns darüber den Kopf zerbrechen, während er sein nächstes Verbrechen plant.«

»Trotzdem ist die Information nicht unwichtig«, widersprach Herzog. »Sie passt zu dem bisherigen Täterprofil. Wir wissen, dass es sich um einen intelligenten

Menschen handelt, weil er oder sie keinerlei Spuren hinterlassen hat, was auf akribische Vorbereitung schließen lässt. Nun können wir zusätzlich davon ausgehen, dass wir einen gebildeten Menschen suchen, womöglich mit Hochschulstudium.«

»Na schön, Anne«, lenkte Oberdorf ein. »Was weißt du noch über ihn?«

»Darf ich spekulieren, Wilfried?« Sie grinste Oberdorf an, der mit einem gequälten Lächeln antwortete.

»Dass er Brecht, also einen linken Dichter, verwendet, lässt vermuten, dass er erstens selber ein Linker ist und/oder mit den Morden eine Ungerechtigkeit rächen will, eine tatsächliche oder eingebildete Ungerechtigkeit, die ihm widerfahren ist.«

»Was bedeutet das für die Personen aus dem Umkreis der Ermordeten?«, mischte sich Conrady ein. »Trifft die Beschreibung auf einen von ihnen zu?«

Oberdorf nickte der Hauptkommissarin zu.

»Ein weiterer Punkt, der gegen Werner Bielmann, den Ehemann von Christine, spricht«, meinte Herzog. »Er macht nicht den Eindruck, als würde er sich in der deutschen Lyrik des frühen zwanzigsten Jahrhunderts auskennen. Ganz ausschließen möchte ich ihn aus dem Kreis der Verdächtigen allerdings nicht.«

Oberdorf ergänzte: »Von der Bildung her käme Marco Bütikofer, der Partner, besser gesagt, der Angstellte von Wandstroth zwar in Frage, aber ich kann beim besten Willen kein Motiv für die Morde erkennen.« Er nahm einen Schluck aus seiner Kaffeetasse. »Jan, du warst heute Morgen in der Gerichtsmedizin. Was ist mit dem Kopf, der in der Dortmunder Stadtbücherei gefunden wurde?«

Lieferscheidt unterdrückte ein Gähnen. »Bingo. Der Kopf gehört Wandstroth. Wir haben jetzt auch die Todesursache. Die Gehirnschale wurde durch mehrere Schläge mit einem hammerartigen Gegenstand zertrümmert. Anschließend wurde der Kopf vom Rumpf abgetrennt und vermutlich in einem Ofen teilweise verbrannt.«

»Mein Gott«, stöhnte Cicotti. »Wie viel Hass muss in dem Kerl stecken?«

Lieferscheidt schaute seine Kollegin spöttisch an. »Oder in der Frau. Männer werden meistens von Frauen gehasst.«

»Verblüffend«, sagte Oberdorf. »Wie im Fall Rohrbach.«

Er erntete verständnislose Blicke.

»Sie haben das schon in der großen Runde erwähnt.« Ulrike Conrady strich über ihr graues, eng geschnittenes Kostüm. »Wurde der Kopf von Rohrbach auch verbrannt?«

»Nein. Aber der Clou ist, dass die wissenschaftlichen Erstgutachter dies zunächst annahmen. Da der Kopf von Rohrbach verschwunden blieb, suchte man nach einer Lösung. Und tatsächlich entdeckten die Gutachter im Ruß des rohrbachschen Ofenrohres organische Substanzen, die sie auf ein Verbrennen des Kopfes zurückführten. Erst Jahre später, als der Kopf unverbrannt gefunden wurde und der Fall neu aufgerollt werden musste, kamen neue Gutachter zu der Erkenntnis, dass sich die Ablagerungen im rohrbachschen Ofenrohr im normalen Bereich bewegten. Im Ruß von fünzig anderen Ofenrohren analysierte man ähnliche Mengen organischer Substanzen «

»Kannst du uns Unbedarfte aufklären?«, bat Anne Herzog. »Ich habe keine Ahnung, wovon du redest.«

»Wahrscheinlich hat es mit unseren Fällen nichts zu tun.«

Oberdorf berichtete in groben Zügen von dem Mord an dem Anstreicher Rohrbach aus Münster. Dessen Leiche sei ebenfalls zerstückelt und in Paketen gefunden worden. Aufgrund des umstrittenen Ofenrohrgutachtens habe es einen Schuldspruch gegen die Ehefrau des Opfers gegeben. Erst im Wiederaufnahmeverfahren, als die Erstgutachten zusammenbrachen, sei Frau Rohrbach freigesprochen worden. »Es war ein Freispruch zweiter Klasse, aus Mangel an Beweisen.«

»Und wann ist das passiert?«, fragte Cicotti. »Die wissenschaftlichen Methoden klingen nach tiefstem Mittelalter.«

»Vor ungefähr fünfzig Jahren. Wie gesagt, ich glaube nicht, dass es uns weiterhilft.«

»Und wieso kennst du den Fall so genau?«

»Ich musste auf der Polizeischule eine Arbeit darüber schreiben, die Fehler, und das waren nicht wenige, die die Kollegen gemacht hatten, auflisten.«

Conrady wandte sich an die Profilerin. »Könnte eine Frau für die Taten verantwortlich sein?«

Herzog schüttelte den Kopf. »Die Ausführung im Fall Bielmann ist sehr männlich. Bei Wandstroth ist das nicht so deutlich. Ich würde sagen: Zu achtzig Prozent ist es ein Mann.«

»He«, rief Lieferscheidt. »Was haltet ihr von dieser Idee: Es ist ein Pärchen. Bei Bielmann hatte er, bei Wandstroth sie die Oberhand.«

»Die Ambivalenz ist mir auch schon aufgefallen«, bestätigte Herzog. »Andererseits deutet vieles auf einen Einzeltäter hin. Ich denke, wir suchen einen intelligenten, gebildeten Mann im mittleren Alter, der seine sozialen Beziehungen verloren hat. Ein Einzelgänger mit großen psychischen Problemen, die er gut verstecken kann.«

»Ende der Diskussion«, entschied Oberdorf. »Wir müssen an die Arbeit. Ich werde gleich einen von Klaassens Leuten treffen, mal sehen, ob die bei der Mafia-Spur weitergekommen sind. Auf jeden Fall sollten wir im Auge behalten, dass die Herkunft von Wandstroths Vermögen ungeklärt ist. Laura, das ist was für dich. Jan, du fährst nach Münster und triffst die Nichte von Wandstroth. Frag sie, ob sie etwas über das Geld ihres Onkels weiß. Anne und Josef, ihr sucht weiter nach einer Verbindung zwischen Bielmann und Wandstroth.«

Conrady stand auf. »Halten Sie mich auf dem Laufenden. Ich glaube, wir werden bei der Geschichte noch einige Überraschungen erleben.«

Der Raum war mit monochromen, sehr hellen Designermöbeln ausgestattet, kontrastiert von schwarzen Regalen. An den Wänden hingen abstrakte Bilder. Die Atmosphäre wirkte nicht unfreundlich, aber ein wenig steril, so wie ein Hauch Chlorgeruch, der von einer Überdosis Putzmittel verursacht wird.

Die ältere Frau, die Conrady gegenübersaß, passte auffallend gut zu den Möbeln. Sie trug ein beiges Kleid und graue, kunstvoll frisierte Haare, die ein wenig silbern schimmerten. Ihr Gesicht war glatt und ruhig, interessiert, ohne emotional beteiligt zu sein.

Auf dem Glastisch zwischen den beiden Frauen stand ein kleines Aufnahmegerät.

»Bereuen Sie Ihre Geschlechtsumwandlung?«

Conrady dachte nach. »Nein. Aber ich habe es mir anders vorgestellt.«

»Was haben Sie sich anders vorgestellt?«

»Ich wollte immer eine richtige Frau sein, als Frau akzeptiert werden, ohne jeden Vorbehalt.«

»Und das ist nicht eingetroffen?«

»Nein«, sagte die Kriminaloberrätin zögernd.

»Was sind Sie dann?«

»Ich bin ein Mann, der eine Frau geworden ist. Ich sehe das an den Blicken, mit denen man mich mustert, da ist immer dieses kurze Zögern und die Überwindung, bevor man ›Frau Conrady‹ zu mir sagt. Für diejenigen, die mich als Mann kannten, bin ich ein Zwitterwesen, ein Monstrum. Wenn mich meine Kinder besuchen, nennen sie mich abwechselnd Mama und Papa. Darüber können wir gemeinsam lachen. Ich war nun mal ihr Vater und ihre Mutter werde ich nie sein. Aber ...«

»Ja?«

»Wissen Sie, wie man mich im Büro nennt? Ich meine den Spitznamen, den man mir gegeben hat: Es.«

»Es?«

»Ja. Das sagt doch alles. Weder Frau noch Mann, weder Fisch noch Fleisch. Ich bin ein Wesen von einem anderen Stern. Da ist immer dieses leichte Unbehagen, diese spürbare Zurückhaltung, mir ja nicht zu nahe zu kommen. Ich mache ihnen Angst, verstehen Sie?«

»Und darunter leiden Sie?«

Conrady lachte auf. »Es macht mich nicht glücklich. Aber ich weiß jetzt, dass es so ist und dass es so bleiben wird. Ich habe mich damit abgefunden.«

Die Therapeutin stützte ihren Kopf mit der Hand ab. »Ich erlebe Sie als sehr selbstbewusste Frau. Wenn Sie ehrlich sind, ist es Ihnen im Grunde egal, was Ihre Kinder zu Ihnen sagen. Und auch die Unnahbarkeit im Büro macht Ihnen nicht wirklich zu schaffen. Vielleicht genießen Sie sogar den Reiz, die zusätzliche Autorität, die sich daraus ergibt, dass Ihre Untergebenen Angst vor Ihnen haben.«

Conrady schaute sie aufmerksam an. »Schon möglich.«

»Es geht darum, dass Sie von einem Mann als Frau akzeptiert werden wollen.«

Die Kriminaloberrätin lächelte. »Mein Sexualleben ist eine Mondlandschaft. Öde und leer.«

»Sie haben mir von einem Mann erzählt, in den Sie verliebt waren.«

Conradys Gesicht verfinsterte sich.

»Lieben Sie ihn noch immer?«

»Nein. Oder ja, ich weiß es nicht. Bei ihm war es anders. Ich glaube, er hat mich tatsächlich als Frau angesehen. Aber es gab andere Schwierigkeiten. Er war einer meiner Untergebenen, wir haben uns beide bemüht, Dienstliches und Persönliches nicht zu vermischen, mit allem Krampf, den das verursacht. Und er ist verheiratet. Ich glaube, seine Ehe steckt in einer Krise, doch er hängt an seinen Kindern und will seiner Frau keinen Grund geben, sich von ihm zu trennen.«

»Treffen Sie ihn noch?«

»Manchmal.«

»Beschreiben Sie die Beziehung!«

»Von seiner Seite ist es Freundschaft, ja, ich denke, er sieht mich als gute Freundin an. Und ich bemühe mich, ihn nicht unter Druck zu setzen, so schwer es mir fällt.«

»Was tun Sie, um die Beziehung aufrechtzuerhalten?«

»Er ist ...«, Conrady zögerte, »ich unterstütze ihn materiell.«

»Sie geben ihm Geld?«

»Er ... er ist suspendiert worden, wegen einer Verfehlung im Dienst. Er hat einen Verdächtigen schwer verletzt. Jetzt befindet er sich in finanziellen Schwierigkeiten. Er arbeitet zwar als Privatdetektiv, doch das reicht nicht, um über die Runden zu kommen. Außerdem ... beschäftigt er sich noch immer mit der Geschichte, die ihn seinen Job gekostet hat. Er ist geradezu besessen von diesem Fall. Die Sache bewegt ihn mehr als alles andere.«

»Mehr als Gefühle und Beziehungen?«

»Ja. Er kommt mir vor wie ein Mensch, der in einem Tunnel steckt. Es gibt nur noch eine Richtung, kein Links und kein Rechts. Es frisst ihn auf. Ich spüre, dass er daran zugrunde gehen wird, falls er keinen Erfolg hat. Und ich ... ich kann ihm nicht helfen.«

Nach der Sitzung kontrollierte Conrady ihren Beeper und ihr Handy. Drei Anrufe. Alle aus der ZKR. Sie wählte die letzte Nummer an. Die Sekretärin von Kriminaldirektor Thomas stellte durch.

»Warum schalten Sie Ihre Geräte aus?«, fauchte Thomas. »Sie müssen ständig erreichbar sein.«

»Vorschrift. Ich war in einem Krankenhaus.«

»Das gilt vielleicht fürs Handy, aber nicht für den Beeper.«

Conrady ging nicht darauf ein: »Was ist passiert?«

»Wir haben ein neues Opfer. Wieder mit einer Gedichtzeile.«

»Wer?«

»Ein Richter. Heißt Terhünte und wohnte in Bochum.«

»Wie ist er ermordet worden?«

»In seinem Haus. Eine regelrechte Hinrichtung. Die Streifenbeamten, die zuerst am Tatort waren, sprechen von mehreren Kugeln und zahlreichen Stichverletzungen. Ob er zuerst erschossen oder erstochen wurde, ist noch unklar. Ich muss sagen, der Kerl hat einiges drauf. Ach ja, Ihre Crew ist schon unterwegs.« Er nannte die Adresse.

Conrady sagte, dass sie ebenfalls unterwegs sei.

Zwei Juristen, Rechtsanwalt Wandstroth und Richter Terhünte, der Fall nahm langsam Gestalt an. Ein Angeklagter, der sich von seinem Anwalt betrogen fühlte und sich an dem Richter für das Urteil rächen wollte. Aber wie passte Christine Bielmann da hinein?

Conrady bog in die Straße ein. Eine Doppelhaussiedlung, kleine Vorgärten, einstöckige Häuser, gediegener Mittelstand. Der Tatort war von weitem zu erkennen. Mehrere Streifenwagen parkten vor dem Haus, zwei Krankenwagen, der Laborwagen, dazu die üblichen Gaffer. Die Medien waren auch schon da. Conrady erkannte zwei Kamerateams, Journalisten mit Aufnahmegeräten befragten jeden, der ihnen in die Quere kam.

Sie bahnte sich einen Weg durch die Menge, zeigte den Uniformierten ihren Ausweis. Sofort begannen die Journalisten zu schreien, gebrüllte Fragen, bis sich die Haustür hinter ihr geschlossen hatte. Im Flur standen Oberdorf und ein bärtiger Mann.

Oberdorf stellte vor: »Hauptkommissar Otto von der Bochumer Mordkommission.«

»Ich möchte mich nur mal umsehen«, sagte Conrady. »Wir reden gleich.«

»Er liegt in seinem Arbeitszimmer«, erklärte Oberdorf. »Der Raum hinter dem Wohnzimmer auf der rechten Seite.«

Herzog und Hübner, mit übergezogenen Einmalhandschuhen, durchsuchten die Schubladen des Wohnzimmerschrankes.

Die beiden Frauen nickten sich zu.

»Kein schöner Anblick«, meinte Herzog. Hübner beugte sich tief über eine Schublade, er war ein bisschen grün im Gesicht.

»Mit Sicherheit unser Mann?«, fragte Conrady.

Herzog deutete auf den Wohnzimmertisch. In einer Plastikhülle steckte ein blutbeflecktes, weißes Blatt mit einer Zeile: *Kühl die Fische schwammen an ihrem Bein*

Die Tür zum Arbeitszimmer stand weit auf. Helles Scheinwerferlicht, die Videokamera des Polizeifilmers surrte.

»Draußen bleiben, verdammt noch mal!«, schrie jemand.

Überall Blut, der beige Teppichboden hatte sich dunkelrot verfärbt. Terhünte lag in verkrümmter Stellung neben seinem Schreibtisch. Der Kopf war unverletzt. Schmale, energische Gesichtszüge, graue Schläfen, ein schöner Mann in den Vierzigern. Sah aus, als hätte er sich durch Joggen und gesunde Ernährung fit gehalten. Conradys Blick wanderte zum Oberkörper. Das ehemals weiße Hemd war ein roter, zerfetzter Lappen, die Brust schimmerte hindurch, ein blutiger, verkrusteter Klumpen. Ein besonders tiefer Schnitt in der Bauchgegend, Gedärm quoll heraus.

Conrady hörte hinter sich ein Schnaufen. Der beleibte Gerichtsmediziner, den sie von früheren Fällen kannte, atmete schwer.

»Da ist jemand auf Nummer Sicher gegangen«, sagte der Gerichtsmediziner, »die Schüsse und Stiche hätten für sieben Morde gereicht.«

Sie kehrte in den Flur zurück. Oberdorf und Otto unterhielten sich leise.

»Was haben Sie an Informationen?«, fragte Conrady den Bochumer.

Otto reagierte misstrauisch. »Wie ist das mit der Zuständigkeit?«

»Wir übernehmen hier.«

»Da muss ich aber erst ...«

»Müssen Sie nicht. Der Mord gehört zu der Serie, die wir bearbeiten.«

Der Bärtige wurde bleich. »Dann brauchen Sie mich ja nicht mehr. Herr Oberdorf ist über alles unterrichtet.« Grußlos knallte er die Tür hinter sich zu.

Oberdorf guckte finster. »Dem haben Sie's aber gezeigt.«

Conrady wischte die Bemerkung mit einer Handbewegung beiseite und zog ihre Zigarilloschachtel aus der Umhängetasche.

»Bitte nicht rauchen! Wir müssen noch einige Stunden hier arbeiten.«

Sie steckte die Schachtel wieder ein. »Nun reden Sie schon, Oberdorf!«

»Terhünte war Amtsrichter in Bochum. Er befand sich zum Zeitpunkt des Mordes allein im Haus. Wir haben keine Einbruchspuren gefunden, was darauf schließen lässt, dass Terhünte seinen Mörder ins Haus gelassen hat. Frau Terhünte und die Tochter waren übrigens in der Innenstadt, um Kleidungsstücke für das Kind zu kaufen. Die Schüsse fielen gegen siebzehn Uhr dreißig, exakt in dem Moment, als Frau Terhünte aus ihrem Wagen stieg, den sie vor dem Haus abgestellt hatte. Sie bekam Angst und lief zu einem Nachbarn, der sie ins Haus begleitete. Die beiden fanden Terhünte leblos in seinem Arbeitszimmer. Der Gerichtsmediziner hält es für möglich, dass Terhünte zu dem Zeitpunkt, als die Schüsse abgegeben wurden, bereits tot war.«

»Sie meinen, der Mörder hat darauf gewartet, dass Frau Terhünte zurückkam?«

Oberdorf lachte böse. »Das passt zu dem Inszenierungsstil, den der Kerl bevorzugt.«

»Aber damit ging er doch ein unnötiges Risiko ein.«

»Offensichtlich ein genau kalkuliertes. Jedenfalls hat ihn niemand gesehen.«

»Die Schüsse ...«

»... wurden von mehreren Nachbarn gehört. Bei der Bochumer Polizei gingen fast gleichzeitig vier Anrufe ein. Die ersten Beamten waren auch schon fünf Minuten später am Tatort.«

»Wie ist er entkommen?«

»Durch die Gartentür und das hinter dem Garten liegende Brachland.«

Conrady hob ihre gezupften Augenbrauen. »Bei dem aufgeweichten Boden müsste es Fußabdrücke geben.«

Der Hauptkommissar lächelte gequält. »Er hat profillose Überzieher getragen. Dadurch können wir nicht einmal die genaue Schuhgröße und das Gewicht bestimmen. Immerhin steht jetzt fest, dass es sich um einen Mann handelt, Schuhgröße dreiundvierzig bis fünfundvierzig, Gewicht zwischen achtzig und neunzig Kilo.«

»Ein Durchschnittstyp.«

»Phantom wäre der richtige Ausdruck. Die Spurensicherung ist zwar noch nicht fertig, aber bis jetzt haben sie nichts gefunden. Und ich wette, sie werden auch nichts finden.«

»Was ist mit der Frau und der Tochter?«

»Beide erlitten einen schweren Schock und befinden sich im Krankenhaus. Derzeit sind sie nicht vernehmungsfähig.«

Conrady nickte. »Zwei der drei Leichen waren Juristen. Wir brauchen die Verhandlungen, die Terhünte geleitet hat, Drohungen von Verurteilten und so weiter. Vor allem sollten wir überprüfen, ob es Fälle gab, an denen Terhünte und Wandstroth gemeinsam beteiligt waren.«

»Na klar, Chefin.« Oberdorfs Stimme klang beleidigt. »Während wir Sie nicht erreichen konnten, waren wir nicht untätig. Cicotti und Lieferscheidt sind schon beim Amtsgerichtsdirektor. Cicotti will alle Daten der letzten zehn Jahre auf unseren Computer übertragen.«

»Seien Sie nicht eingeschnappt, Oberdorf! Das war kein Vorwurf.« Sie zog erneut die Zigarilloschachtel heraus. »Sagen Sie nichts! Ich gehe.«

»Da raus?« Er zeigte auf die Tür. »Meinen Sie, es kommt gut, wenn Sie mit Zigarre im Fernsehen erscheinen?«

VII

Transe als Kripo-Chefin. Kriminaloberrätin Ulrike Conrady hat einen der wichtigsten Jobs bei der Zentralen Kriminalpolizei Ruhrgebiet: Sie leitet die Sonderkommission Serientäter. Den Grundstein für ihre Karriere hat Ulrike als Ulrich gelegt, der war bereits, nach erfolgreichem Jurastudium, Kriminalrat, als er sich entschloss, per Operation zur Frau zu werden. Noch bis vor wenigen Jahren hätte dies unweigerlich zum Karriereknick geführt. Anders bei Ulrike. Insider munkeln, dass die grüne Innenministerin dafür gesorgt hat, dass Conrady befördert wurde. Quotenschutz für Transen, sozusagen.

(Roor Mag, das Magazin für Ruhrstadt)

Jacob war allein in der Wohnung. Feld hatte was davon erzählt, dass er irgendeinen Kram erledigen müsse. Was Berufliches, Jacob hatte nicht richtig zugehört. Sich lieber noch einmal auf der Couch umgedreht und eine Runde geschlafen. Jetzt fühlte er sich herrlich ausgeruht. Wie lange hatte er nicht mehr so geschlafen? Im Abbruchhaus war die Nacht meistens früh zu Ende. Abwechselnd zogen einige los, um bei Supermärkten Nachschub zu besorgen. Mehr als fünf, sechs Stunden Schlaf am Stück kriegte man selten. Er fühlte sich eigentlich immer müde, mal mehr, mal weniger.

Jacob stand auf und streckte sich. Draußen schien die Sonne. Ein herrlicher Tag. Ein geiles Bett, genug zu essen, neue Klamotten, fast wie ein neues Leben. Auf dem Tisch lag ein Zettel:

Frühstück ist in der Küche. Bin um 16 Uhr zurück.
Martin.

Jacob zog sich an und latschte in die Küche. Frische Brötchen, was sonst? Bei seiner guten alten Family hatte es so was nie gegeben. Manchmal gab es morgens nicht mal ein Stück vergammeltes Brot, weil Mami mal wieder zu besoffen gewesen war, um einzukaufen. Feld hatte eine Kaffeemaschine mit Timer, die konnte man abends oder vom Bett aus einstellen. Aber Jacob mochte keinen Kaffee, das Zeug machte ihn hibbelig. Er schaute auf das Display des Kühlschranks: ein halber Liter Milch, das war schon besser.

Er schnappte sich die Brötchen, Margarine, Marmelade und Milch und breitete die Sachen auf dem Wohnzimmertisch aus. Bei Feld blickte er einfach nicht durch. Der Typ war *zu* freundlich. Irgendwo musste ein Haken stecken. Es gab immer einen Haken. Besser, er entdeckte den Haken, bevor der Haken ihn erwischte. Die Gelegenheit war günstig. Feld war noch ein paar Stunden weg. Da konnte er die Bude auf den Kopf stellen. Gleich nach dem Frühstück.

Jacob ging systematisch vor, zuerst das Wohnzimmer, dann die Küche. Viele Möbel gab es ohnehin nicht und in einem hatte Feld Recht: Geld oder Wertsachen konnte er keine finden. Auch nichts Persönliches, keine Briefe, keine Fotos. Er erinnerte sich an seinen ersten Eindruck, als er die Wohnung betreten hatte: Sie wirkte steril wie ein Hotelzimmer, so, als ob nicht *wirklich* jemand hier wohnte, eher wie eine vorübergehend angemietete Absteige, die man braucht, um irgendeine Schweinerei durchzuziehen. Da war es wieder, das eiskalte Händchen. Was hatte Feld bloß vor?

Er ging ins Schlafzimmer. Bett, Kleiderschrank, Kommode. Er nahm sich die Kommode vor. Unterwäsche und ein paar Medikamente. Moment mal. Feld hatte behauptet, er sei Journalist. Aber in der ganzen Wohnung gab es keinen PC oder Laptop. Wie und womit arbeitete der Typ eigentlich? Journalisten hatten Berge von Materialien, Papiere, CDs, Zeitungen, Zeitschriften, Aktenordner.

Der hier merkte sich wohl alles im Kopf. Das stank ganz gewaltig.

Blieb noch der Kleiderschrank. Hemden, Hosen, Jacken, zwei Paar Schuhe. Auf dem Boden lag ein Schlafsack. Jacob hob den Schlafsack hoch, darunter lag eine Ledermappe. Hundert Punkte.

Er trug sein Fundstück zum Wohnzimmer und klappte es auf. Fotos, Farbe und schwarzweiß, nackte Jungs, mal ohne, mal mit dicken Pimmeln, die von feisten Schmerbäuchen ins Bild geschoben wurden. Ab und zu ein Fettsack mit Latexmaske, der einen Knaben aufspießte. Hatte er es doch geahnt.

Jacob blätterte weiter, stieß auf Fotos von getöteten Jungen, die nackt auf Müllkippen lagen. Er spürte einen Anflug von Panik. War Feld etwa an den Morden beteiligt?

Dann kamen Porträtfotos, Schnappschüsse von Familienfesten, mit Mutti und Oma, Urlaubsfotos. Auf einmal, Jacob zitterte, hielt er ein Foto von Karim in der Hand. Das Bild war schon etwas älter, Karim mit seinem Kleinjungenlächeln, gekämmte Haare, sauberer Pullover, mein Gott, Karim sah aus wie Omas Liebling. Feld *wusste* es. Feld gehörte zu *denen*.

Wütend pfefferte Jacob die Fotos auf den Tisch. Fast wäre er dem Arsch auf den Leim gekrochen. Tschüss Urlaub vom Überlebenskampf! Adios Samariter! Zu dumm, dass kein Geld herumlag. Er blickte sich um. Am liebsten hätte er die Wohnungseinrichtung zertrümmert, aber das würde zu viel Lärm machen. Irgendwie musste er den Typ noch schädigen. Sein Blick fiel auf den Fernseher. Zu groß.

Am Ende nahm er die Mikrowelle mit, komplett mit Internet-Anschluss und Bestell-Service. Das würde ein paar Lappen bringen.

Als Andreas Seldschuk alias Martin Feld das Wohnzimmer betrat, erkannte er sofort, was passiert war. Er inspizierte kurz die Wohnung, registrierte mit einem müden

Lächeln, dass die Mikrowelle fehlte, und machte sich dann auf die Suche.

Es war ein Fehler gewesen, Jacob nicht einzuweihen. Er hatte es ihm schonend beibringen wollen, nach und nach. Dabei hätte er wissen müssen, dass Jugendliche wie Jacob ihr Vertrauen nicht verschenkten, nicht für warmes Essen und eine bequeme Couch. Jacob hatte zu lange im Dschungel gelebt, er kannte nur die harten Gesetze des Marktes: Hilfst du mir, willst du dafür eine Gegenleistung. Seldschuk hatte das Misstrauen gespürt, zu dumm, dass er gehofft hatte, es durch freundliche Zurückhaltung aufbrechen zu können. Nun, es war noch nicht zu spät.

Seldschuk stellte seinen Wagen in einem Parkhaus in der Nähe des Bahnhofs ab. Dann durchkämmte er den Bahnhof und die angrenzende Innenstadt. Das freundliche Wetter war zu Ende, es hatte wieder begonnen zu regnen.

Ein paar Stunden später war der Exkripomann durchnässt und frustriert. Keine Spur von Jacob. In einer Imbissbude füllte er seinen Magen mit einem pappigen Dönerburger. Anschließend schlürfte er langsam einen heißen Tee und schaute hinaus. Er fühlte sich alt und verbraucht. Dabei war er erst dreiundvierzig Jahre alt und körperlich, abgesehen von ein paar Kilo Übergewicht, noch recht fit.

Alles hatte mit diesem schrecklichen Dienstag vor einem Jahr begonnen. Bis dahin war er ein guter Bulle gewesen, einer der besten sogar. Er hatte eine Familie gehabt und in dem Glauben gelebt, dass es so weiterlaufen könne. Und dann hatte jemand diesen Traum über den Haufen geschossen.

Das Bild eines fünfzehnjährigen Jungen tauchte in seinem Kopf auf. Seldschuks Augen füllten sich mit Tränen. Das Gesicht des Jungen verschmolz mit dem von Jacob, ein fröhliches Gesicht, das sich plötzlich verzerrte und um Hilfe schrie. Seldschuk schüttelte sich. Er durfte sich nicht gehen lassen, er hatte eine Aufgabe.

Draußen war es dunkel geworden, vereinzelte Passanten hasteten mit aufgespannten Regenschirmen vorbei.

Jacob hatte von einem Abbruchhaus am Hafen erzählt. Der Hafen war nicht allzu groß. Es kam auf einen Versuch an.

Zunächst sondierte er das Gelände. Den Wagen hatte er auf einem Parkplatz stehen lassen, jetzt drückte er sich in eine unbeleuchtete Toreinfahrt und beobachtete. Seitdem im Hafen nicht mehr viel umgeschlagen wurde, war er zu einem Treffpunkt für die Aussätzigen geworden. Fixer und Dealer schlichen herum, besoffene Penner suchten nach Schlafplätzen. Die Fixer waren zu alt, Jacob hatte von einer Bande von Gleichaltrigen gesprochen.

Seldschuk wartete. Er zwang sich, nicht alle paar Minuten auf die Uhr zu schauen.

Endlich kamen drei Jugendliche vorbei, zwei Jungen und ein Mädchen. Zerrissene Kleidung, wüste, bunt gefärbte Frisuren. Er folgte ihnen.

Sie verschwanden in einem Haus. Seldschuk schlich näher heran. Im Inneren brannte ein Feuer. Das musste es sein.

Die Sache war nicht ungefährlich. Die Kids würden ihn nicht mit offenen Armen empfangen. Seldschuk holte tief Luft, dann kletterte er auf die Rampe und stieß die Tür auf.

Er blieb dicht an der Wand, um sich den Rücken frei zu halten. Langsam gewöhnten sich seine Augen an das diffuse Licht. Rund um das Lagerfeuer hockten etwa zehn Jugendliche. Andere lagen in der Nähe der Seitenwand, sie schienen zu schlafen. Es roch scharf nach Urin.

Die Gespräche am Lagerfeuer verstummten, drohende Blicke richteten sich auf den Eindringling.

»Verschwinde!«, rief eine dünne Stimme. »Das ist unser Haus.«

»Ich suche Jacob«, antwortete Seldschuk. »Ist er hier?«

In die Gruppe am Lagerfeuer kam Bewegung. Drei, vier Jungen standen auf. Seldschuk erkannte, dass sie

Ketten und Stangen in den Händen hielten. Die Jungen kamen in Zeitlupe auf ihn zu. Ein breitschultriger, kräftig aussehender Bursche, Seldschuk schätzte ihn auf vierzehn oder fünfzehn, machte den Sprecher.

»Hast du nicht verstanden? Du sollst verschwinden! Es gibt hier keinen Jacob.«

»Ich bin sicher, dass er hier ist.« Seldschuk bemühte sich, seine Stimme ruhig klingen zu lassen. »Ich will nur mit ihm reden. Sagt ihm, dass er nichts zu befürchten hat!«

»Du kapierst wohl nicht?« Der Sprecher schaute nach links und rechts. »Ich glaube, er braucht eine kleine Abreibung.« Die Stange klatschte in seine geöffnete linke Hand.

Seldschuk zog seine Pistole aus dem Schulterhalfter und schoss in die Decke. Die Schlägerbande hüpfte erschrocken zurück.

»Und ihr kapiert wohl nicht, was *ich* gesagt habe? Ich will mit Jacob reden, verdammt noch mal.«

Im hinteren Teil des ehemaligen Lagerraums, der durch eine Mauer abgetrennt war, tat sich etwas. Seldschuk hörte ein Klirren und dann die schnellen Schritte eines Fliehenden. Ohne lange zu überlegen, stieß er die Kids, die ihm im Weg standen, zur Seite und rannte durch die Maueröffnung. Jacob kletterte gerade durchs Fenster.

»Bleib stehen!«

Jacob schaute ihn kurz an, ein Blick voller Angst, dann war er verschwunden.

Hinter dem Haus gab es ebenfalls eine Rampe, nur wenige Meter vom Hafenbecken entfernt. Jacob floh über den Hafenkai.

»Jacob!« Das Schreien tat ihm weh. »Bleib stehen!«

Hundert Meter weiter gab Jacob auf. Zitternd und hustend erwartete er seinen Verfolger.

Seldschuk steckte die Pistole zurück und drückte seine Hände auf die Schultern des Jungen.

»Du hast nichts zu befürchten«, er schnappte nach Luft, »ich tu dir nichts, wirklich.«

Blankes Misstrauen.

»Okay, hör mir fünf Minuten zu. Dann kannst du zurückgehen, wenn du willst. Ich zwinge dich zu nichts. Einverstanden?«

Jacob nickte.

»Ich habe dich angelogen, ich bin kein Journalist, ich bin Privatdetektiv. Die Eltern eines Jungen, der ermordet wurde, haben mich beauftragt, den Strichjungen-Mörder zu finden. Das, was die Polizei macht, ist ihnen zu wenig.« Auch das war gelogen, aber schon dicht an der Wahrheit. »Ich habe dich angesprochen, weil ich glaube, dass du mir helfen kannst.«

Jacob wurde ruhiger. »Und wie?«

»Mir erzählt niemand etwas, die Kids halten mich höchstens für einen Bullen. Aber wenn du dich in der Szene umhören würdest, könntest du etwas herausbekommen.« Seldschuk suchte den Blick des Jungen. »Ich bezahle dich für deine Arbeit. Fünfzig Euro am Tag, freie Unterkunft, Essen und Trinken, so viel wie du willst.«

»Wie lange?«

»Drei, vier Tage. Wenn wir bis dahin nichts haben, ist es sinnlos. Ach ja, falls du Erfolg hast, kriegst du natürlich eine Prämie. Fünfhundert Euro.«

Jacob dachte nach. »Diese Wohnung ...«

»... gehört einem Freund von mir, einem Wissenschaftler, der oft unterwegs ist. Er hat sie mir vorübergehend überlassen. Ich heiße auch nicht Martin Feld, sondern Andreas Seldschuk. Hier!« Seldschuk zog seinen Personalausweis aus der Brieftasche.

Jacob verglich das Ausweisfoto mit dem Mann, der vor ihm stand. »Keine Linkerei?«

»Das ist die Wahrheit. Ich steh nicht auf Jungs. Ich bin verheiratet und habe selber Kinder.«

Die Schlägerbande war ihnen gefolgt, allerdings hielt sie jetzt gehörigen Abstand.

»Was ist los, Jacob?«, rief der Anführer. »Sollen wir die Bullen holen?«

»Alles in Ordnung«, schrie Jacob zurück. »Er ist okay.«

»Hat er dir genug für deinen Arsch geboten?«, höhnte ein Zweiter.

Die anderen lachten.

»Lass uns gehen!«, sagte Seldschuk.

Sie schwiegen, bis sie im Auto saßen. Seldschuk fuhr zu der Wohnung im Hochhaus zurück.

»Du hast dir die Fotos angesehen«, begann er vorsichtig. »Kam dir einer der Jungen bekannt vor?«

Jacob schaute aus dem Fenster.

»Wer?«

»Karim.«

»Karim Salimi. Er ist seit zwei Monaten verschwunden. Weißt du etwas darüber?«

Jacob starrte weiter aus dem Fenster.

»Vertrau mir!«

Zögernd fing Jacob an zu reden. Er erzählte von dem Typen, der Karim und ihn engagiert hatte, von der Fahrt nach Essen, der großen Villa, seiner Flucht und seinem Entsetzen, als Karim nicht mehr herauskam.

Seldschuk lenkte den Wagen in eine Parkbucht. »Glaubst du, du findest die Villa wieder?«

»Ich denke schon.«

»Dann lass uns hinfahren.«

»Ist er tot?«, fragte Jacob leise.

»Karim? Wir ... Die Mörder haben sich bisher keine Mühe gegeben, die Leichen zu verstecken. Also besteht eine gute Chance, dass er noch lebt.«

»Und was glaubst du?«

»Ich hoffe, dass es ihm gut geht.« Seldschuk fand sich selbst nicht sehr überzeugend.

Tatsächlich war es doch nicht so einfach gewesen, die Villa zu finden. Jacob hatte Seldschuk kreuz und quer durch den Essener Süden gelotst, bis sie schließlich beide genervt und übermüdet waren. Daraufhin hatte Seldschuk vorgeschlagen, die Suche abzubrechen und sie am nächsten Morgen, bei Tageslicht, fortzusetzen. Jacob beharrte auf einem letzten Versuch und dabei hatten sie Glück.

Die Villa sah unbewohnt aus, am Eingang gab es keine Namens- oder Firmenschilder. Seldschuk überlegte kurz, ob er über das Torgitter klettern sollte, doch dann entschied er sich dafür, kein Risiko einzugehen. Die Villa lag in einem vornehmen Wohngebiet, hier patrouillierten häufig Sicherheitsdienste und Polizeistreifen. Außerdem bestand die Möglichkeit, dass das Gelände durch eine Alarmanlage gesichert war.

Er notierte die Adresse und ging zum Wagen zurück.

»Schluss für heute. Wir haben uns den Feierabend verdient.«

Als sie schon wieder auf der Autobahn waren, fragte Jacob: »Was wirst du jetzt unternehmen?«

»Herausfinden, wem die Villa gehört. Ich habe gute Kontakte, das ist kein Problem. Übrigens, du hast dir nicht zufällig das Autokennzeichen des Typen gemerkt, der euch hingefahren hat?«

»Nein, aber ich glaube, es war ein Dortmunder Kennzeichen.«

»Und die Marke?«

»Was Japanisches, so eine rote Schleuder.«

Seldschuk grinste. »Das sind ja eine Menge Anhaltspunkte.«

Sie erreichten den Parkplatz der Hochhaussiedlung.

Jacob räusperte sich. »Ich muss dir was sagen: Ich hab die Mikrowelle mitgehen lassen.«

»Habe ich gemerkt.«

»Und du bist nicht sauer?«

»Was hast du mit ihr gemacht?«

»In der Pfandleihe versetzt.«

»Na, dann werden wir sie wieder auslösen.« Seldschuk kniff dem Jungen in die Schulter. »Mit dem ersten Lohn, den du von mir kriegst.«

VIII

Scheiße, war das knapp. Ich kriege jetzt noch feuchte Hände, wenn ich daran denke. Zwei Minuten, verdammte zwei Minuten Vorsprung. Die Polizeisirenen dröhnten mir in den Ohren. Zum Glück waren die Grünlinge erst mal desorientiert. Sie hätten mich schnappen können, aber sie haben's nicht gecheckt. Ich bin gerannt wie ein beschissener kenianischer Langstreckenläufer, bis mir schwarz vor Augen wurde, bis meine Lunge wie ein kaputter Blasebalg rasselte.

Ich konnte ja nicht ahnen, dass mich die Nachbarn nicht gesehen hatten. Waren alle damit beschäftigt, die Polizei anzurufen. Brave Bürger. Zur Sicherheit hatte ich mir eine Kapuze übergezogen. Trotzdem, hätten die Bullen sofort die Verfolgung aufgenommen, wäre es mehr als knapp geworden. So aber ging alles glatt.

Und es hat sich gelohnt. Zu warten, bis die Terhünte aus dem Wagen stieg. Ihre Augen: Schrecken pur. Das Konto füllt sich langsam wieder auf, ich hol's mir zurück, was mir gestohlen wurde, mit Zinsen und Zinseszinsen.

Terhünte war ein harter Brocken, genauso wenig zu beeindrucken wie Wandstroth, aber erheblich durchtrainierter. Ein sportlicher Typ, nicht besonders kräftig, dafür ziemlich schnell. Wir haben uns einen heißen Tanz geliefert. Natürlich hatte er keine Chance. Ich habe ihn ein paar Mal angeritzt, das hat ihm den Schneid abgekauft. Am Ende hat er um sein Leben gewinselt. Richter Gnadenlos bittet um Gnade. Ich habe ihm sein Fehlurteil unter die Nase gerieben. Zuerst konnte er sich gar nicht erinnern. Dann dämmerte es ihm. Hat was von einem neuen Verfahren gefaselt, für das er sich einsetzen würde. Zu spät, mein Freund.

Um mein Glück perfekt zu machen, durfte ich mit Fabian sprechen. Zwar nur am Telefon, aber immerhin. »Ich hab dich lieb, Papa«, hat er gesagt. Mir stand das Wasser in den Augen. »Wann kommen wir wieder zurück? Warum verträgst du dich nicht mit Mama?«

»Bald«, habe ich geantwortet, »bald sind wir alle wieder zusammen, bald wird alles gut.« Warum den Jungen enttäuschen, er kann doch nichts dafür. Das Leben ist so verdammt ungerecht.

Hinterher habe ich zehn Minuten geheult. Mir war hundeelend zumute. Und dann kam die Wut zurück. Die Wut auf die Leute, die mir, uns, das angetan haben. Sie hat mir den Mut gegeben, mein Programm zu vollenden. Der größte Teil ist schon erledigt, was jetzt noch kommt, ist die Krönung.

Und dann? Warum Gedanken darauf verschwenden? Ich fühle mich frei, so frei wie noch nie in meinem Leben. Meine Taten werden in die Justizgeschichte eingehen. Ich schaffe einen Präzedenzfall, den jedes Lehrbuch aufgreift. Ich arbeite für die Ewigkeit.

IX

RÄTSELHAFTE MORDSERIE. EINE SERIE VON UNGEWÖHNLICH BRUTALEN UND EISKALT AUSGEFÜHRTEN MORDEN ERSCHÜTTERT DAS RUHRGEBIET. AM GESTRIGEN NACHMITTAG WURDE DER AMTSRICHTER TERHÜNTE IN SEINEM BOCHUMER HAUS DURCH MEHRERE SCHÜSSE UND STICHE NIEDERGESTRECKT. NACH DEN MORDEN AN DER WALTROPER HAUSFRAU CHRISTINE BIELMANN UND DEM DORTMUNDER RECHTSANWALT DIETER WANDSTROTH IST DIES BEREITS DER DRITTE MORD INNERHALB VON WENIGEN TAGEN. WIE AUS BOCHUMER POLIZEIKREISEN BEKANNT WURDE, HAT DIE SONDERKOMMISSION SERIENTÄTER DIE ERMITTLUNGEN ÜBERNOMMEN. AUF ANFRAGE WOLLTE DIE ZENTRALE KRIMINALPOLIZEI RUHRGEBIET JEDOCH NICHT BESTÄTIGEN, DASS EIN ZUSAMMENHANG ZWISCHEN DEN MORDEN BESTEHT. PRESSESPRECHER SCHMITZ VERWIES AUF DIE HEUTIGE MEDIENKONFERENZ.

(RUHR ZEITUNG)

»Du siehst müde aus«, sagte Jan Lieferscheidt. Er stand neben Laura Cicotti am Kaffeeautomaten. Sie deckten sich für die morgendliche Gruppenbesprechung ein.

»Kein Wunder«, antwortete Cicotti, »ich habe fast die ganze Nacht vor dem Computer gesessen.«

»Heh, wenn der ärgste Stress vorbei ist, solltest du uns mal wieder besuchen. Ina hat schon nach dir gefragt. Wir könnten grillen, ich habe im Sommer unseren Grillplatz regensicher gemacht. Natürlich mit deinem Freund, wie heißt noch mal der aktuelle?«

»Er hat keinen Namen.«

»Was?«

»Es ist vorbei.« Cicotti lächelte wehmütig. »Ich habe einfach kein Glück bei den Männern.«

»Tut mir Leid. Das war aber ein schnelles Vergnügen.«

»Musst du in meinen Wunden wühlen? Um genau zu sein, hat es drei Wochen und vier Tage gedauert.«

»Und warum ...«

Die Oberkommissarin zuckte mit den Schultern. »Wir hatten nicht dieselbe Wellenlänge. Er wollte ständig ausgehen, sich bis zum Morgen in Discos rumtreiben. Ich bin froh, wenn ich am Wochenende meine Ruhe habe und klassische Musik hören kann. Aber dann fing er an zu zappeln und zur Tür zu schielen.« Sie betrachtete das fahle Gesicht ihres Kollegen. Sein schmaler Schnurrbart war wie immer akkurat geschnitten, doch unter den Augen lagen dunkle Schatten. »Langsam verstärkt sich mein Eindruck, dass alle besseren Männer schon verheiratet sind.«

Lieferscheidt grinste. »Quatsch. Du darfst die Hoffnung nicht aufgeben.«

»Tu ich auch nicht. Im Gegensatz zu meiner Mutter. Die hat Angst, mich nicht mehr unter die Haube zu kriegen. Letzte Woche hat sie für mich eine Chiffreanzeige im örtlichen Käseblatt aufgegeben.«

Lieferscheidt lachte auf. »Und?«

»Drei Antworten. Männer zwischen fünfundfünzig und siebzig. Ich habe meiner Mutter gesagt, dass ich nicht zur Altenpflegerin umschulen will.«

Langsam trotteten sie zum Sitzungsraum.

»Selbstverständlich bist du auch alleine willkommen«, versicherte Lieferscheidt.

Cicotti schnitt eine Grimasse. »Dann komme ich mir erst recht einsam vor. So, als hätte ich einen grässlichen Pickel im Gesicht, und alle gucken angestrengt vorbei.«

Nach und nach trudelten die anderen ein.

Oberdorf wollte gerade die Sitzung eröffnen, als Conrady hereinschneite. Sie trug einen eleganten Hosenanzug und eine dicke Perlenkette.

Oberdorf schaute überrascht.

Die Kriminaloberrätin hob beschwichtigend die Hand. »Das soll nicht zur Gewohnheit werden. Ich habe gleich eine Medienkonferenz und möchte auf dem aktuellen Stand sein. So sparen Sie sich einen Besuch in meinem Büro, Herr Oberdorf.«

»Ich habe nichts gesagt.« Der Hauptkommissar wühlte missmutig in seinen Papieren. »Wir haben jetzt den Bericht der Spurensicherung im Fall Terhünte. Wie zu erwarten, hat der Täter keine genetischen oder Fingerprints hinterlassen. Der Obduktionsbericht liegt noch nicht vor, allerdings gibt es vorläufige Angaben zu den Tatwaffen. Die Kugeln stammen aus einer Walther PP, Kaliber 7,65, ein reichlich antiquiertes Modell. Die Stiche wurden mit einem spitzen, zweischneidigen Dolch ausgeführt, der eine etwa siebzehn Zentimeter lange und zwei Zentimeter breite Klinge hat. Überflüssig zu erwähnen, dass die Tatwaffen nicht gefunden wurden.«

»Immerhin die ersten brauchbaren Hinweise«, warf Lieferscheidt ein.

»Richtig. In diesem vertrackten Fall muss man für jede noch so kleine Information dankbar sein.«

Kommissar Hübner meldete sich. »Weiß man inzwischen, ob Terhünte zuerst erstochen und dann erschossen wurde?«

Oberdorf warf dem Youngster einen Blick zu. »Beides geht wohl nicht.«

Hübner lief rot an.

»Ich wollte gerade darauf kommen«, fuhr Oberdorf mürrisch fort. »Ich habe vorhin mit dem Gerichtsmediziner telefoniert, sein erster Eindruck vom Tatort hat sich bestätigt: Terhünte war bereits tot, als die Schüsse auf ihn abgegeben wurden.«

»Wie lange?«, fragte Lieferscheidt.

»Fünf bis zehn Minuten.«

»Dann hat der Täter also tatsächlich auf Frau Terhünte gewartet«, sagte Conrady.

»So sieht es aus«, bestätigte Oberdorf. »Wie ich gestern schon sagte: Der Schweinehund liebt die dramatische Inszenierung.« Er schaute zu seiner Stellvertreterin: »Anne, du warst im Krankenhaus.«

Die Hauptkommissarin mit dem kurz geschorenen Blondhaar richtete sich auf. »Ja. Die Tochter ist noch nicht ansprechbar, aber mit Frau Terhünte durfte ich ein paar Minuten reden. Sie hat keine Ahnung, wer ihren Mann ermordet haben könnte, anscheinend hat es keine gegen ihn gerichteten Drohungen gegeben, oder er hat diese nicht ernst genommen. Jedenfalls beteuert sie glaubwürdig, dass Terhünte in letzter Zeit weder nervös noch besonders gestresst gewesen sei. Ohnehin hatte er als Amtsrichter nicht mit den ganz schweren Jungs zu tun.«

»Inwieweit hat der dritte Mord das Täterprofil verändert?«, mischte sich Conrady ein.

»Unwesentlich.« Herzog lächelte ihre Chefin an. »Sexuelle Motivation können wir jetzt endgültig ausschließen. Hinter dem wechselnden Modus Operandi, der mir zuerst Kopfzerbrechen bereitete, scheint ein System zu stecken. Der Täter inszeniert seine Morde, wie Wilfried bereits erwähnte. Möglicherweise gibt es dazu einen Schlüssel, den wir noch nicht entdeckt haben. Andererseits verhält er sich wie ein typischer Serientäter. Die ersten Morde haben ihn sicherer werden lassen. Er erhöht sein Risiko und damit den Nervenkitzel. Anders ausgedrückt: Er wird unvorsichtiger. Zwischen den Schüssen und dem Eintreffen des ersten Streifenwagens vergingen gerade mal zwei Minuten. Das ist verdammt knapp, sogar für einen Profi. Außerdem musste er damit rechnen, dass ihn jemand beim Verlassen des Hauses beobachten würde.«

»Glauben Sie, er wird sich stellen?«

»Nein. Serientäter stellen sich fast nie. Allerdings gibt es bei einem gewissen Prozentsatz den unbewussten Wunsch, erwischt zu werden, um dem Ganzen ein Ende zu bereiten. Einerseits brauchen sie den Kick, den ihnen der Blutrausch verschafft, andererseits sind sie über ihre eigenen Taten entsetzt.«

»Na, dann kriegen wir ihn ja bald«, meinte Oberdorf ironisch. »Jan, was hat dein Ausflug nach Münster gebracht?«

»Nicht sehr viel«, berichtete Lieferscheidt. »Wandstroths Nichte heißt Jessica Osthues. Sie ist ein nettes, unbedarft wirkendes Mädchen, studiert Germanistik und Französisch.«

»Zur Sache«, mahnte Oberdorf.

»Angeblich weiß sie nichts über die Herkunft von Wandstroths Vermögen. Sie schien auch ehrlich überrascht, als ich ihr die Größenordnung ihres voraussichtlichen Erbes nannte. Auf der anderen Seite hat ihr der Umstand, dass sie Wandstroths Lieblingsnichte war, schon in der Vergangenheit erhebliche Vorteile gebracht, zum Beispiel wohnt sie mietfrei in seiner Wohnung im münsterschen Kreuzviertel. Alles in allem halte ich sie für unverdächtig.«

»Wie ist sie denn seine Lieblingsnichte geworden?«, fragte Herzog. »Hatte sie was mit ihm?«

Lieferscheidt lächelte verlegen. »Ich glaube nicht, sie hat einen Freund.«

»Du hast sie nicht gefragt?«

»Nicht so direkt. Sie meint, Wandstroth sei in letzter Zeit ziemlich einsam gewesen. Sie habe es für ihre Pflicht gehalten, sich ein bisschen um ihn zu kümmern.«

Oberdorf nickte und ging weiter in der Runde: »Laura, hast du etwas gefunden?«

Cicotti, die gegen ihre Müdigkeit ankämpfte, riss sich zusammen: »Ich habe Terhüntes Verfahren der letzten zehn Jahre durchlaufen lassen. Es gibt nur einen Prozess, an dem auch Wandstroth beteiligt war, und der liegt gerade mal sechs Monate zurück: der Fall des Journalisten Meisner.«

Einige sogen scharf die Luft ein.

»Das ist doch ...«

»Es ist genau *der* Peter Meisner.«

»Das ist ja ein Ding«, schluckte Oberdorf. »Ich wusste nicht, dass Wandstroth ihn verteidigt hat.«

»Nicht besonders geschickt, wenn man den Prozessberichten glauben darf. Meisner muss ziemlich sauer auf ihn gewesen sein. In der Sache ging es um eine Verleumdung und üble Nachrede. Ich habe mir neben den Prozessberichten und Prozessakten auch die Arktikel von Meisner auf den PC geladen. Wie ihr wisst, war Meisner geradezu versessen in die Idee, dass der Politiker Hartmut Becker, der jetzt für das Amt des Regierungspräsidenten kandidiert, Kontakt zum Strichjungen-Milieu habe. Becker, schrieb Meisner, würde seine schützende Hand über einen Ring von Zuhältern halten, der Strichjungen an Männer in einflussreichen Positionen und Pornofilmer vermittelt. Außerdem behauptete Meisner, dass Becker die Ermittlungen bezüglich der misshandelten und ermordeten Strichjungen behindere. Das hat seinerzeit der Gruppe B unserer Sonderkommission schwer zu schaffen gemacht.«

»Verdammt«, knurrte Oberdorf, »das hat uns gerade noch gefehlt.«

»Becker konnte das natürlich nicht auf sich sitzen lassen«, redete Cicotti weiter. »Er hat Meisner angezeigt und der hat den Prozess sang- und klanglos verloren. Angeblich wollte er zwei Zeugen präsentieren, Strichjungen, die etwas über Beckers Kontakte hätten aussagen können.«

»Dummerweise sind sie rechtzeitig vor Prozessbeginn verschwunden«, erinnerte sich Oberdorf.

»Richtig. Meisner gab an, dass sein Verteidiger, eben Wandstroth, die entlastenden Aussagen kennen würde. Wandstroth verwickelte sich jedoch derart in Widersprüche, dass die Staatsanwaltschaft und Richter Terhünte die Sache mit den Strichjungen als Schutzbehauptung werteten und für irrelevat erklärten.«

»Was ist aus Meisner geworden?«, fragte Herzog.

»Terhünte hat ihn zu neunzig Tagessätzen plus Geldbuße für einen gemeinnützigen Verein verurteilt. Ich habe mich erkundigt. Meisner hat erst einen kleinen Teil der Strafe bezahlt. Er scheint in finanziellen Schwierigkeiten zu stecken. Schon vorher liefen seine Geschäfte als freiberuflicher Journalist nicht übermäßig gut. Er gilt als guter Rechercheur, der jedoch zu viel Zeit investiert.

Seitdem er sich ausschließlich mit diesem einen Thema beschäftigt, scheuen die großen Zeitungen und Rundfunkanstalten das rechtliche Risiko und lehnen seine Beiträge ab. Meisner ist auf kleine, unabhängige Zeitschriften und Medien angewiesen, mit entsprechend niedrigen Honoraren.«

»Gute Arbeit, Laura«, lobte Oberdorf.

»Ach ja, Meisner hat ein Germanistikstudium absolviert. Der Titel einer seiner Hauptseminararbeiten lautete: *Bertolt Brecht und die Frauen*.«

Die anderen schwiegen verblüfft.

»Wie hast du das herausgefunden?«, fragte Lieferscheidt.

»Der Sicherheitscode des Uni-Computers könnte von jedem Kind geknackt werden.«

»Das habe ich nicht gehört«, sagte Oberdorf. Er schaute zu Conrady. »Hatte Meisner nicht auch Verbindungen zu Andreas Seldschuk?«

»Wieso reden Sie von Verbindungen?«, fauchte die Kriminaloberrätin. »Es war ein ganz normaler, dienstlicher Kontakt.«

Peinliches Stille.

Anne Herzog spielte die Vermittlerin: »Kommen Sie schon, Chefin! Niemand will Andreas Seldschuk etwas anhängen. Wir müssen allem nachgehen, was wir haben, und das ist bis jetzt nicht viel.«

»Hauptkommissar Seldschuk hat drei- oder viermal mit Meisner gesprochen«, erklärte Conrady kühl. »Offenbar verfügt Meisner über intime Kenntnisse der Szene. Aber es ist Seldschuk nicht gelungen, Meisners Misstrauen zu überwinden. Der Mann glaubt, dass Becker überall seine Hand im Spiel hat. Seldschuk hat es dann aufgegeben. Er hielt Meisner für paranoid.«

»Nun, ich denke, das reicht, um Meisner unter die Lupe zu nehmen«, kommentierte Oberdorf frostig. »Falls er nicht mit uns kooperieren will, nehmen wir ihn vorläufig fest und beantragen einen Durchsuchungsbefehl. Jan und Josef, ihr begleitet mich. Laura!«

Cicotti schrak auf.
»Du gehst jetzt nach Hause und schläfst ein paar Stunden!«

»Das hast du ganz hervorragend gemacht, Schätzchen.« Anne Herzog legte ihren Arm um die Schultern der schlanken Italienerin.
Cicotti zog unwillkürlich den Kopf ein. »Wenn ich einmal dabei bin, kann ich nicht mehr aufhören. Das ist wie eine Sucht.«
Die Hauptkommissarin schlug ihr sanft auf den Rücken. »Keine Angst, ich weiß doch, dass du hoffnungslos heterosexuell bist.«
Cicotti fühlte sich ertappt und wechselte schnell das Thema: »Vorhin dachte ich, dass es zum großen Knall zwischen der Chefin und Wilfried kommt.«
Herzog seufzte. »Die beiden sind wie zwei Loks, die sich auf einer eingleisigen Strecke begegnen. Früher oder später fliegt einer aus den Gleisen.«
»Und wenn Seldschuk in die Sache verwickelt ist?«
»Ich kenne Wilfried. Er wird keinen Moment zögern, die Conrady kaltzustellen.«
»Das wird sie sich nicht gefallen lassen.«
»Nein. Aber sie hat die schlechteren Karten. Thomas ist stinksauer auf Seldschuk, weil er die ganze ZKR blamiert hat. Und Wilfried hat einen guten Draht zu Thomas.«
Cicotti packte ihre Sachen zusammen. »Traust du Seldschuk einen Mord zu?«
Herzog dachte nach. »Seit der Strichjungen-Geschichte ist er ein anderer Mensch geworden. Dieser Zuhälter, den er zusammengeschlagen hat, hätte beinahe den Löffel abgegeben, das war haarscharf. Wenn du einmal so weit bist, wenn du nur noch nach deinen eigenen Gesetzen lebst, bist du zu allem fähig.«
»Aber warum Terhünte und Wandstroth? Und warum Christine Bielmann?«
»Frag mich was Leichteres! Ich werde mal das Täterprofil ausarbeiten, vielleicht stoße ich auf einen neuen

Aspekt. Und du solltest Wilfrieds Rat befolgen und eine Runde schlafen.«

Auf dem Tisch standen Mikrofone und Plastikschilder: KD Dr. Jörg M. Thomas, Norbert Schmitz, KOR Ulrike Conrady. Scheinwerfer, surrende Kameras, Blitzlichtgewitter, der Medienraum der ZKR war voller als üblich. Gerüchte über eine Mordserie lockten neben den Polizeireportern auch die Boulevardjournalisten.

Schmitz eröffnete die Konferenz, Thomas, im maßgeschneiderten Dreiteiler, übernahm. Es sei richtig, dass zwischen den Morden an Bielmann, Wandstroth und Terhünte eine Verbindung bestehe. Aus polizeitaktischen Gründen sei es zum gegenwärtigen Zeitpunkt nicht möglich, Details zu veröffentlichen. Die Zentrale Kriminalpolizei Ruhrgebiet, genauer gesagt, die Sonderkommission Serientäter unter der Leitung von Kriminaloberrätin Conrady habe die Ermittlungen übernommen.

Die Blicke und Kameras richteten sich auf Conrady.

Ein ergrauter Zeitungsredakteur: »Können Sie uns etwas über den oder die Täter und deren Motive sagen?«

»Wir gehen von einem männlichen Einzeltäter aus, der alle drei Morde begangen hat. Seine Motive liegen derzeit noch im Dunkeln. Nach dem Ausschlussprinzip kann ich lediglich feststellen, dass es sich weder um einen Triebtäter noch um einen Raubmörder handelt.«

»Was bleibt dann noch übrig?«

Conrady lächelte. »Die Palette der menschlichen Schlechtigkeiten ist vielfältig. Ich will hier aber nicht spekulieren. Tatsache ist, dass wir seine Motive im Moment nicht kennen.«

Eine TV-Frau: »Ist der Eindruck richtig, dass Sie sehr wenig über den Täter wissen?«

»Ja, der Eindruck trügt nicht. Der Täter hat es sorgsam vermieden, Spuren zu hinterlassen. Deshalb können wir Ihnen keine Personenbeschreibung geben.«

»Woher wissen Sie denn, dass es ein Mann ist?«

»Kein Kommentar.«

»Handelt es sich um einen Profi?«

»Zumindest verhält er sich sehr profihaft.«

»Wäre es möglich, dass er ein Auftragskiller ist?«

»Das will ich weder ausschließen noch bestätigen. So lange wir keinen Auftraggeber kennen, können wir nicht von Auftragsmorden sprechen.«

Ein specknackiger Typ mit Bierbauch: »Stimmt es, dass der Killer Gedichte schreibt?«

Conrady schaute kurz zu Thomas. »Woher haben Sie die Information?«

Specknacken lachte: »Wir verraten unsere Quellen genauso wenig wie Sie.«

»Nächste Frage!«

Eine andere TV-Frau: »Haben Sie Ihre Sonderkommission eigentlich im Griff? Nach den Vorfällen um Hauptkommissar Seldschuk besteht die Befürchtung, dass es in der SK Serie drunter und drüber geht.«

Conrady funkelte die Frau an. »Das Vertrauen der Bevölkerung in die Kriminalpolizei ist ungebrochen, allenfalls gibt es bei bestimmten Medienvertretern berufsbedingte Irritationen.«

»Sie weichen aus.«

»Ich weiche nicht aus. Hauptkommissar Seldschuk ist vom Dienst suspendiert worden. Sein Verhalten ist unverzeihlich und wird in keinster Weise toleriert. Ich möchte aber darauf hinweisen, dass er zuvor über zwanzig Jahre lang seinen Dienst bei der Polizei korrekt und vorbildlich ausgeübt hat.«

»Vorbildlich? Wollen Sie im Ernst einen Schläger als Vorbild verkaufen?«

»Bis zu dem Vorfall, auf den Sie anspielen. Im Übrigen ein Einzelfall, der nicht typisch ist für die hervorragend geschulten Beamten der Zentralen Kriminalpolizei. Ein Einzelfall, ich wiederhole das gerne, der sich nicht wiederholen wird.«

Specknacken meldete sich erneut. »Ich habe gelesen, dass Sie Ihren Job wegen Ihrer Geschlechtsumwandlung gekriegt haben.«

Kriminaldirektor Thomas griff ein: »Frau Conrady ist eine ausgezeichnete Kriminalistin, die aufgrund ihrer Fähigkeiten Leiterin der Sonderkommission Serie geworden ist. Alles andere ist Quatsch. Ich bin nicht bereit, böswillige Gerüchte zu kommentieren, die von drittklassigen Klatschmagazinen ausgestreut werden. Meine Damen und Herren, ich danke Ihnen für Ihre Aufmerksamkeit. Die Medienkonferenz ist beendet.«

Thomas machte ein besorgtes Gesicht.

»Woher haben die das mit dem Gedicht?«, knurrte Conrady.

»Ein Leck, woher sonst? Zu viele Leute wissen von dem Gedicht. Da wird jemand aus den örtlichen Kriminalpolizeien gequatscht haben. Es hat keinen Sinn, danach zu forschen. Was mir mehr Sorgen macht, ist der Umstand, dass die weiter auf Seldschuk herumtrampeln.«

Conrady winkte ab. »Das geht vorüber.«

»Na klar. Aber wie beschädigt stehen wir hinterher da?«

Josef Hübner hielt den Kopf gesenkt. Er hoffte, dass die beiden Männer, die vor ihm saßen, ihn vergessen hatten. Denn das, was er hörte, verwirrte ihn.

Oberdorf meckerte die ganze Zeit und Lieferscheidt stachelte ihn noch an.

»Ich sage dir, wenn Conrady noch einmal zickt, dann knallt's. Es ist mir scheißegal, ob sie oder er oder ...«

»Es«, assistierte Lieferscheidt.

»Es, genau, ob Es mit Seldschuk rummacht oder nicht. Der Typ ist krank. Die Melker hat mir erzählt, dass er noch immer um die Bahnhöfe schleicht. Sie wollte ihn deswegen vernehmen, aber Conrady hat's untersagt.«

»Conrady schützt ihn, das ist klar.«

»Sobald ich auch nur den leisesten Hinweis habe, werde ich ihn mir greifen. Da kann sich Conrady auf den Kopf stellen.«

»Glaubst du, er hat was mit den Morden zu tun?«

»Auf jeden Fall steckt er mit Meisner unter einer Decke. Das waren nicht nur dienstliche Kontakte, wie uns Conrady weismachen will. Und überleg doch mal! Meisner ist ein Schmierenjournalist. Der ist gar nicht in der Lage, die Morde so perfekt auszuführen. Das war ein Profi. Ich hab's bis jetzt für mich behalten, aber mein Instinkt sagt mir, dass es einer von uns war. Die beiden könnten sich zusammengetan haben, Meisner schreibt die Gedichtzeilen und Seldschuk ...«

»Jetzt geht aber deine Phantasie mit dir durch, Wilfried. Wir wissen ja nicht mal, ob Meisner in die Morde verwickelt ist.«

»Es ist der einzige konkrete Hinweis, den wir haben, oder? *Bertolt Brecht und die Frauen*. Hah!«

Hübner bekam einen Schluckauf. Er hielt verzweifelt die Luft an.

Oberdorf schaute in den Rückspiegel. »Hast du ein Problem, Josef?«

»Nein, nein, alles in Ordnung. Ich versteh nur nicht ...«

»Ja?«

»... warum Sie Seldschuk so ... hassen.«

»Hassen? Ich hasse ihn nicht. Ein Mann mit seiner Erfahrung darf nicht derart ausflippen. Er hat den Ruf der gesamten Kriminalpolizei ruiniert. Jetzt werden wir in den Medien wieder mal als Schläger verteufelt. Und das nehme ich ihm übel.«

Sie erreichten die Siedlung, in der Meisner wohnte. Heruntergekommene Häuser, abbröckelnde Fassaden, der Mief der sozialen Versager.

Meisners Briefkasten quoll über.

»Der Vogel ist ausgeflogen«, stellte Lieferscheidt fest.

Auf der Fußmatte im zweiten Stock stapelten sich Zeitungen und Zeitschriften.

»Tritt die Tür ein!«, sagte Oberdorf zu Lieferscheidt.

»Brauchen wir keinen Durchsuchungsbefehl?«

»Gefahr im Verzug.«

Die Tür leistete keinen großen Widerstand. Nach dem zweiten Tritt sprang sie auf.

Die Wohnung war eine Bruchbude. Zwei winzige Zimmer mit schrägen Dachluken, Möbel von Sperrmüllqualität, zentimeterdicker Staub, leere Bierflaschen, zusammengeknüllte Zigarettenschachteln. An den Wänden selbstgezimmerte Regale, voll gestellt mit Büchern.

»Was für ein Siff! Dem Typen scheint's wirklich schlecht zu gehen«, sagte Lieferscheidt.

Sie zogen sich ihre Handschuhe an.

Die Ausbeute war mager. Keine Hinweise auf Meisners aktuellen Aufenthaltsort, keine Notizbücher und Telefonnummern, auf dem Anrufbeantworter ein paar Aufforderungen, sich mal wieder zu melden.

Sie füllten einige Kartons mit Papieren, die möglicherweise brauchbare Informationen enthielten. Lieferscheidt nahm sich den Computer vor, das einzige Gerät in der Wohnung, das nicht aus dem vorigen Jahrhundert stammte. Die Textdateien waren mit einem Passwort gesichert. Lieferscheidt kopierte die ganze Festplatte. Für Cicotti waren Passwörter kein Problem.

»Und jetzt?«, fragte der Oberkommissar, nachdem er seine Arbeit beendet hatte.

»Wir schreiben Meisner zur Fahndung aus«, entschied Oberdorf. »Europaweit.«

X

Fahndungsaufruf. Als wichtiger Zeuge in einer Mordserie wird gesucht: Peter Meisner (36), Journalist. Benutzt auch die Namen Andre Tarkowski und Klaus Wippelt. Meisner ist 1,78 Meter gross, hat braune Augen und ein rundes, gerötetes Gesicht. Gewöhnlich trägt er Nickelbrille, Vollbart und dunkelbraune, halb lange Haare. Bevorzugte Kleidungsstücke: blaue Jeans und eine abgetragene, braune Lederjacke. Anbei Fotos und Computerbilder, die Meisner in verschiedenen Variationen darstellen. Hinweise an die Zentrale Kriminalpolizei Ruhrgebiet, SK Serientäter.

(KHK W. Oberdorf)

Langsam fühlte sich Jacob heimisch. Okay, die Wohnung war nicht der Hit, ein Scheißausblick auf andere Hochhäuser. Unten schoben ein paar Mütter mit Kinderwagen vorbei. Und es gab einen kleinen Spielplatz, da hingen die Kids rum: saufen, rauchen, Mädchen anmachen. Bei denen konnte er sich nicht blicken lassen, die würden ihn sofort durchlassen. Ein Neuling kam denen gerade recht, irgendein Spinner würde sich schon finden, der ihm eine Kopfnuss verpassen wollte. Gebrochene Nasenbeine mit mächtig viel Blut kamen gut an bei den Mädchen. Jacob hatte das schon erlebt. Er hasste das ekelhafte Gefühl, nicht mehr durch die Nase atmen zu können, weil man sich Klopapier in die Nasenlöcher stopfen musste, damit die Bluterei endlich aufhörte. Von den Schmerzen ganz zu schweigen.

Jacob wendete sich vom Fenster ab. Sollte er sich noch ein Fertig-Baguette aufwärmen? Immer genug zu essen zu haben, war schon große Klasse. Oder in aller Ruhe auf der Couch liegen, ohne Rumgebrülle und Stress wie zu Hause.

Na gut, dafür hatte er heute auch was getan, nämlich mit ein paar Jungs am Bahnhof gesprochen. Es war nichts dabei herausgekommen. Er hatte auch nicht damit gerechnet. Wenn der Wichser mit der roten Reisschüssel in der Szene bekannt wäre, hätte er es schon früher erfahren. Außerdem hatte sich Seldschuks Auftritt im Abbruchhaus herumgesprochen. Einige der Jungs waren echt misstrauisch gewesen. Einer hatte ihn direkt gefragt, ob er jetzt als Spitzel für die Polizei arbeiten würde.

Lange konnte er die Nummer nicht mehr durchziehen. Aber das musste er Seldschuk ja nicht auf die Nase binden. Noch drei Tage so tun als ob. Sich den Bauch voll schlagen und richtig ausschlafen. Und nebenbei Geld verdienen. Dann würde er die Kohle einstreichen, Seldschuk mit seinem Dackelblick angucken: Tut mir Leid, Mann, ich hab's versucht. Und tschüss! Mit zweihundert Euro in der Tasche war er im Abbruchhaus der King. Natürlich musste er ein paar Runden McDonald's schmeißen, aber das war's ihm wert. Schließlich würden alle wieder nett zu ihm sein. Sogar Tina. Der würde er ein oder zwei Freischüsse spendieren.

Jacob zappte durch die Fernsehprogramme. Seldschuk war bei seiner Familie. Irgendwie schwer vorstellbar, dass der Typ eine Familie hatte. Mit Frau und Kindern beim Spaziergang im Park oder durch einen Einkaufspalast zockelnd, das passte nicht zu ihm. Seldschuk war ein Einzelgänger, der große Einsame. Na ja, seine Sorge sollte das nicht sein.

Auf die Dauer wurde es langweilig, so allein. Auch das Fernsehprogramm ödete ihn an. Diese ewigen Talkshows. *Mein Mann hat Schweißfüße* – wen interessierte das eigentlich? Oder diese Comedys mit den glücklichen Familien, schwarze, gelbe, weiße, und ihren kleinen Problemen und den Lachern vom Band, wenn einer auf dem Teppich ausrutschte. Am besten waren noch die Cartoon-Serien.

Jacob schaltete den Fernseher aus und ging zur Bücherwand. Das meiste war wissenschaftliches Zeug. Feld, der offizielle Mieter der Wohnung, war Physiker. Ein international anerkannter Spezialist für irgendwas. Hatte ihm Seldschuk erzählt. Ganz am Ende standen ein paar Bildbände. Jacob zog ein Buch über die Toskana heraus. Gelbe Hügel, Kirchen vor Hügeln, Dörfer mit Kirchen, Italiener auf klapprigen Mopeds vor alten Häusern. Sah nicht schlecht aus, diese Toskana. Würde er auch gerne mal hinfahren. Bis jetzt war er erst einmal aus dem Ruhrgebiet herausgekommen. Bei einem Schulausflug ins Sauerland. Die Alten hatten nie Geld für einen Urlaub gehabt. Hinter den Bildern kam Text. Jacob begann zu lesen.

»Du liest«, fragte Seldschuk spöttisch.

»Na und? Hast du wohl nicht mit gerechnet, was?«

»Nein, ehrlich nicht.«

»Hältst mich wohl für blöd? Ich war zwei Jahre auf dem Gymnasium.«

Jetzt war Seldschuk tatsächlich überrascht.

»Auf der Grundschule war ich einer der Besten. Ich glaube, mit 'ner anderen Familie hätte ich es locker gepackt. Aber das ganze Theater zu Hause, das ging mir tierisch auf den Geist. Ich konnte mich einfach nicht konzentrieren. Wie soll man Hausarbeiten machen, wenn neben dir ständig jemand rumbrüllt. Die Alten, meine Geschwister, irgendjemand hat immer Lärm gemacht. Irgendwann war's mir dann egal, ich wurde schlechter und schlechter und, na ja, den Rest kennst du.«

»Würdest du gerne weiter zur Schule gehen?«

»Was soll das, Mann? Das Kapitel ist abgehakt.«

»Ist es nicht. Du bist noch schulpflichtig.«

Jacob tippte auf das Buch. »Warst du mal in der Toskana?«

»Ja, war ich.« Seldschuks Gesicht verdüsterte sich.

»Ist es wirklich so schön da?«

»Oh, es ist herrlich. Nicht nur die Landschaft. In der

Luft liegt ein schwerer, satter Geruch, den du fast trinken kannst. Und dann das ständige monotone Zirpen der Zikaden. Am schönsten ist es in der Dämmerung, wenn die Hitze des Tages nachlässt und die Farben hervortreten.«

»Bist du da gewandert oder was?«

»Nein.« Seldschuk lachte. »Dazu ist es zu heiß. Oder ich zu faul. Am liebsten habe ich in einer Bar gesessen und Espresso getrunken, mit einem kleinen Schuss Grappa.«

»Und den Señoritas zugeguckt.«

»Señoritas gibt's in Spanien.«

»Scheiß drauf! Wie heißen denn die italienischen Mädchen?«

»Signorina. Wenn eine zufällig in mein Blickfeld kam, habe ich nicht weggeguckt. Aber in den Bars tummeln sich lauter ältere Herren mit dröhnenden Bassstimmen.«

»Die auf ihren knatternden Mopeds angedüst kommen.«

»Woher weißt du das?«

Jacob zeigte auf das Buch. »Lektüre.«

»Mopeds sind praktisch. Damit kommst du durch jede noch so enge Gasse. Und italienische Dörfer haben viele enge Gassen.«

»Warst du mit deiner Familie in der Toskana?«

»Ja.«

»Wie war's denn heute so, bei deiner Familie?«

»Lass uns von was Erfreulicherem reden.«

»Heh, Mann, das ist nicht fair. Ich soll meine Geheimnisse auf den Tisch legen und du spielst den Schweigsamen.«

Seldschuk fuhr sich übers Gesicht. »Meine Ehe ist ein Trümmerfeld. Meine Frau hat mir heute eröffnet, dass sie die Scheidung einreichen will.«

»Ist es so schlimm?«

»Ja. Sie sagt, dass ich sowieso nie zu Hause bin. Damit hat sie ja Recht. Praktisch wird sich kaum was ändern.«

»Du bist also einverstanden?«

Seldschuk zuckte traurig die Schultern. »Was soll ich denn sagen? Dass ich mich ändern werde? Das glaubt niemand, nicht einmal ich selbst.« Er stand auf. »Schluss mit dem Selbstmitleid. Ich mache mir einen Kaffee. Willst du auch was?«

»Danke. Ich habe mich schon versorgt.«

Seldschuk rumorte eine Weile in der Küche und kam dann mit einem Becher Kaffee und einem Teller Schnitten zurück.

»Ich hoffe, du hast den Tag nicht mit Büchern vertrödelt, sondern was für mein Geld getan.«

Jacob salutierte. »Ja, Chef, Auftrag ausgeführt. Kollegen kontaktiert. Leider ohne Erfolg, Sir.«

»Der Typ mit dem roten Flitzer ist unbekannt, was?«

»Der hat sich nicht mehr blicken lassen, da bin ich ziemlich sicher.«

Seldschuk nickte kauend. »Schau dir mal die an!« Er entnahm seiner Jacke einen Umschlag mit einem Stapel Fotos. Porträtaufnahmen.

Jacob blätterte die Fotos durch. »Unser Mann ist nicht dabei.« Der Junge zog die Stirn kraus. »Wo hast du die her?«

»Wie sieht das für dich aus?«

»Wie Polizeiaufnahmen.«

Seldschuk wischte sich über den Mund. »Ich habe dir noch nicht alles erzählt. Ich bin erst seit ein paar Monaten Privatdetektiv. Vorher war ich Polizist. Kriminalhauptkommissar.«

Jacob zuckte zurück.

»Ich bin suspendiert worden, weil ich einen Kinder-Zuhälter beinahe totgeschlagen hätte. Bald kommt der Prozess und dann fliege ich endgültig aus dem Staatsdienst. Wahrscheinlich muss ich sogar ins Gefängnis. Übrigens auch ein Grund, warum meine Ehe den Bach runtergeht. Ich habe alles verspielt, was ich mir aufgebaut habe: gesichertes Einkommen, Pension. Es war ein großer Fehler, keine Frage. Komischerweise kann ich es nicht bereuen. Ich wusste, was er getan hatte, aber ich konnte es ihm nicht beweisen. Und er wusste, dass ich es ihm nicht beweisen konnte.« Seldschuk lehnte sich zurück. »Für die meisten meiner Kollegen bin ich ein schwarzes Schaf. Sie meiden mich wie die Pest. Doch zu einigen habe ich immer noch einen guten Draht. Deshalb die Fotos. Und deshalb war es auch keine Schwierigkeit, herauszufinden, wem die Villa in Essen gehört: einem Versicherungsunternehmen. Das Haus steht seit Monaten leer, die Versicherung will es zu einem Gästehaus umbauen.«

»Das bringt uns nicht weiter, oder?«

»Nein, es bringt uns nicht weiter. Der Typ im roten Flitzer war nur der Lieferant. Du hast den großen Unbekannten nicht gesehen. Vielleicht war es jemand aus der Topetage der Versicherung, vielleicht ein guter Freund des Unternehmens. Wenn ich da aufkreuze, werden die mich eiskalt abblitzen lassen.«

»Und wenn deine ehemaligen Kollegen bei der Versicherung anklopfen?«

»Was haben wir denn in der Hand? So lange wir Karim nicht finden, wissen wir nicht, ob ein Verbrechen begangen wurde.«

»Aber ...«

»Na gut, es besteht der Verdacht auf Entführung und Kindesmissbrauch. Vergiss nicht, dass du der einzige Zeuge bist. Ein dreizehnjähriger Stricher. Die Versicherung wird eine Horde Rechtsanwälte aufmarschieren lassen, die dich auseinander nehmen. Die drücken deinem Vater einen Tausender in die Hand und dafür wird er aussagen, dass du in deinem ganzen Leben noch nie die Wahrheit gesagt hast. Die Staatsanwaltschaft stellt das Verfahren ein, bevor es überhaupt angefangen hat. Nein, das bringt nichts.«

Jacob beugte sich vor. »Hör mal, du bist echt okay. Ich meine, was du für mich getan hast und so. Ich will dir nichts vormachen. Ich kann noch drei Tage da draußen herumlaufen und es wird nichts dabei herauskommen.«

»Ich weiß«, sagte Seldschuk.

»Also können wir die Sache auch beenden. Für das, was ich heute verdient habe, kriegst du die Mikrowelle zurück. Dann sind wir quitt. Lass mich noch eine Nacht hier pennen, morgen früh mache ich den Abflug.«

»Es gibt noch eine Möglichkeit«, sagte der Expolizist.

»Was für 'ne Möglichkeit?«

»Hast du Mut?«

»Ob ich Mut habe? Mann, ich lebe auf der Straße. Ohne Mut hätte ich längst verschissen.«

»Schön.« Seldschuk lächelte. »Wenn du Mut hast, gibt es eine Möglichkeit: Du könntest den Köder spielen.«

Einige Stunden später sagte Seldschuk: »Hast du mal über deine Zukunft nachgedacht?«

»Ich bin genug mit der Gegenwart beschäftigt.«

»Ich finde, du solltest nicht zurück auf die Straße. Bei deiner Intelligenz könntest du das Abitur machen, studieren. Auf der Straße bleiben dir höchstens noch ein paar Jahre, dann bist du fertig.«

Jacob drehte sich um und sagte barsch: »Ich geh nicht ins Heim, klar? Und was mich zu Hause erwartet, weißt du. Also: Ende der Diskussion.«

Seldschuk ließ sich nicht beirren. »Nicht alle Heime sind beschissen. Ich kenne ein kleines, speziell für Stricher. Garantiert ohne Anmache. Die wissen, was die Jungs durchgemacht haben. Und sie ermöglichen dir den Schulbesuch und unterstützen dich dabei.«

»Lass uns darüber reden, wenn wir die Sache durchgezogen haben.«

»Ich würde dich auch oft besuchen.«

»Versprochen?«

»Versprochen.«

XI

EIN TRANSSEXUELLER ALS KRIPO-CHEF. UND EINE GRÜNE INNENMINISTERIN, DER DER SCHUTZ SEXUELLER MINDERHEITEN WICHTIGER IST ALS GUTE ARBEIT. DAS RUHRGEBIET WIRD VON EINER MORDSERIE ERSCHÜTTERT. UND DIE BESTEN LEUTE MÜSSEN DÄUMCHEN DREHEN. WEIL SIE DAS FALSCHE GESCHLECHT HABEN.

(DIE ZEITUNG)

Cicottis Augen glühten. »Ich habe den Code geknackt.« Sie war wieder völlig übermüdet, aber glücklich.

»Wovon reden Sie?«, fragte Conrady.

»Vom Code der Verbrechen. Erinnern Sie sich daran, dass Oberdorf die Ähnlichkeit der Ermordung Wandstroths mit dem Fall Rohrbach aufgefallen ist? Und dass Herzog gestern von einem System sprach, das hinter den Morden stecke? Beides hat mich auf eine Idee gebracht.«

Conrady zeigte auf den Stuhl vor ihrem Schreibtisch. »Setzen Sie sich!« Sie schielte zu ihren Zigarillos, verzichtete dann aber mit Rücksicht auf die Oberkommissarin.

Cicotti rutschte auf die vordere Kante der Sitzfläche. »Der Fall Rohrbach datiert aus den fünfziger Jahren des zwanzigsten Jahrhunderts. Ich habe damit begonnen, alle bekannteren Mordfälle aus der damaligen Zeit zu untersuchen. Dabei bin ich auf den Fall Hetzel gestoßen.«

Conrady wickelte eine Locke ihrer braunen Haare um den Zeigefinger. »Ist mir nicht bekannt.«

»Hans Hetzel war Lastwagenfahrer.« Cicotti klappte ihr elektronisches Notizbuch auf. »Er nahm gerne Anhalterinnen mit und versuchte, sie während der Fahrt zum Sexualverkehr zu überreden. Anscheinend willigten nicht alle Anhalterinnen freiwillig ein, denn zumindest in einem Fall lag auch eine Anzeige wegen Nötigung gegen ihn vor. Hetzel muss ein Bulle von Mann gewesen sein, vor seinem Job als Lastwagenfahrer hat er sein Geld als Preisringer und Metzger verdient. Am 1. September 1953 nahm Hetzel die Flüchtlingsfrau Magdalena Gierth mit. Gierth war hochschwanger. Zwei Tage später fand man die Leiche der Frau auf einer Lichtung, auf der bereits ein beziehungsweise vier Jahre zuvor zwei unbekleidete Frauenleichen gefunden worden waren. Am 7. September stellte sich Hetzel der Polizei. Er musste damit rechnen, dass die Kripo auf ihn stoßen würde, da er der Gierth an einer Raststätte eine Handtasche gekauft hatte und von mehreren Kollegen dabei gesehen worden war. Im Lauf der Verhöre gab Hetzel zu, mit der Frau Analverkehr gehabt zu haben. Während des Aktes sei sie plötzlich gestorben. In seiner Panik habe er die Leiche auf die Lichtung geschafft.« Cicotti schaute ihre Chefin erwartungsvoll an.

»Sie denken an die Ermordung von Christine Bielmann«, sagte Conrady. »Aber die Bielmann wurde erwürgt.«

»Das ist ja der Clou«, triumphierte Cicotti. »Zunächst bestätigten die obduzierenden Gerichtsmediziner Hetzels Darstellung. Sie stellten bei der Gierth nicht nur einen vorausgegangenen Abtreibungsversuch, sondern auch eine nicht abgeheilte Herzgefäßentzündung fest. Verbunden mit dem Umstand, dass Hetzel ein abnorm großes Organ besaß, was zu einer Bauchfellreizung geführt haben könnte, hielten sie akutes Herzversagen für wahrscheinlich. Ein anderer Gutachter sprach dagegen von einem Lustmord. Schließlich kam der Fall zu Professor Ponsold nach Münster. Ponsold hatte nur Fotos der Leiche zur Verfügung, auf denen er Würgemale am Hals erkannte. Er attestierte Mord durch Strangulation, als Tatwaffe nahm er einen Kälberstrick an. Hetzel wurde zu lebenslänglich verurteilt.«

»Ein Kälberstrick? Der Mörder der Bielmann hat einen altertümlichen Hanfstrick verwendet.«

»Mindestens zwanzig Jahre alt«, zitierte Cicotti aus dem Gutachten. »Und nun bedenken Sie, wie die Bielmann gefunden wurde: mit heruntergezogenen Hosen. In ihren Anus wurde ein massiver Gegenstand eingeführt. Der Mörder hatte gar kein Interesse daran, die Bielmann zu vergewaltigen, er wollte den Fall Hetzel inszenieren.«

»Sie meinen, unser Mörder kopiert historische Mordfälle?«

»Genau. Auf die Parallele Bielmann-Gierth bin ich recht schnell gestoßen, viel mehr Schwierigkeiten hat mir Terhünte bereitet.«

»Einen Moment«, unterbrach Conrady. »Was ist aus Hetzel geworden?«

»Er wurde sechzehn Jahre später freigesprochen, nachdem fünf andere Gutachter auf verbesserten Abzügen der Fotos keine Würgemale feststellen konnten. Die angeblichen Würgespuren stammten wohl von dem Gehölz, auf dem die Leiche der Gierth gelegen hatte.«

Die Kriminaloberrätin nickte. »Berichten Sie weiter!«

»Ich habe mich zunächst auf Mordfälle aus Deutschland beschränkt, Zeitraum 1950 bis 1970. Es gab zwar einige Taten, bei denen Pistolen und Messer gleichzeitig verwendet wurden, aber die Begleitumstände passten nicht zum Geschehen im Haus Terhüntes. Dann habe ich meine Suche auf das westliche Europa ausgedehnt – mit Erfolg. Ich stieß auf den Mordfall Jaccoud, der sich im Mai 1958 in der Nähe von Genf ereignete.«

»Jaccoud?« Conrady runzelte die Stirn. »Gab es da nicht eine Reihe von Widersprüchen? Ich meine, etwas darüber gelesen zu haben.«

»Richtig. Pierre Jaccoud war ein bekannter Anwalt und Stadtrat. Er wurde vom Sohn des Opfers, André Zumbach, direkt nach der Ermordung von Charles Zumbach der Tat beschuldigt. Eigentlich habe der Anschlag ihm, André, gegolten, er habe Jaccoud dessen langjährige Geliebte Linda Baud ausgespannt, worauf dieser rasend eifersüchtig geworden sei. Linda bestätigte Andrés Angaben und sagte aus, Jaccoud habe sie mit einer Pistole bedroht. Die Rede war auch von anonymen Briefen und Aktfotos, die Jaccoud an André Zumbach geschickt hatte, um Linda zu kompromittieren. André mutmaßte, Jaccoud habe sich die Dokumente zurückholen wollen und sei dabei von seinem Vater, Charles Zumbach, überrascht worden. Tatsächlich wurde Charles Zumbachs Leiche in Andrés Zimmer gefunden. Kriminalpolizei und Staatsanwaltschaft gingen auf Andrés Version ein und stellten Pierre Jaccoud unter Anklage. Dabei hätte es durchaus noch andere Verdächtige gegeben. So lebten in Zumbachs Garage vier ehemalige Fremdenlegionäre zur Untermiete, von denen man munkelte, dass sie mit Charles Zumbach in illegale Waffengeschäfte verwickelt waren. Auch hat die Spurensicherung sehr schlampig gearbeitet und die Obduktionsberichte strotzten vor Widersprüchen.«

»Und worin besteht die Übereinstimmung mit der Ermordung Terhüntes?«, fragte Conrady.

Cicotti strahlte. »Charles Zumbach wurde durch vier Schüsse und vier Stiche getötet, mit einem Revolver Kaliber 3,65 und einem Dolch. Die Tat geschah genau in dem Moment, als Frau Zumbach mit einer Nachbarin von einem Vereinstreffen zurückkehrte. Als sie die Haustür öffnete, hörte sie Hilferufe ihres Mannes und darauf mehrere Schüsse. Im Korridor stieß sie auf einen Mann, der zwei Schüsse auf sie abgab, einer davon traf sie in die Schulter. Anschließend ging der Mann seelenruhig durch den Vorgarten und stieg auf ein Fahrrad, wie Nachbarn beobachteten.«

Cicotti schwieg, Conrady grübelte.

»Faszinierend«, sagte sie schließlich. »Unser Mann stellt also historische Kriminalfälle nach. Haben Sie eine Idee, was er damit bezweckt?«

Cicottis Mundwinkel sackten nach unten. »Das weiß ich nicht.«

»Damit will ich Ihre Leistung nicht schmälern«, sagte Conrady rasch. »Immerhin kennen wir jetzt das System, nach dem der Täter arbeitet. Ohne Ihre Entdeckung würden wir vermutlich noch lange darüber rätseln. Trotzdem verstehe ich nicht, was das soll.«

»Vielleicht ist er ein Freak«, schlug die Oberkommissarin vor. »Ein Psycho, der seine perversen Phantasien auslebt. Er beschäftigt sich mit berühmten Justizfällen und narrt uns mit seinen Spielen.«

»Möglich.« Die Kriminaloberrätin konnte ihre mangelnde Überzeugung nicht verbergen.

Cicotti fühlte sich plötzlich unendlich müde. Sie hatte bereits die zweite Nacht vor dem Computer verbracht. Ihre Reserven waren aufgebraucht. Sollten sich die anderen auch mal ein paar Gedanken machen. Erleichtert nahm sie wahr, dass das Telefon auf Conradys Schreibtisch klingelte.

Die Oberrätin redete mit Kriminaldirektor Thomas.

Jan Lieferscheidt war sauer. Alle Anrufe wurden zu ihm durchgestellt. Das Sekretariat behauptete, dass niemand außer ihm erreichbar sei oder gestört werden wolle. Als ob er nichts zu tun hätte. Schließlich musste er noch ein paar Berichte eingeben.

Doch diesmal war der Anruf erfreulich. Kollegen aus Amsterdam hatten Peter Meisner gesehen.

Lieferscheidt machte sich auf die Suche. Die anderen Büros waren verwaist. Nur Oberdorf saß hinter seinem Schreibtisch. Lieferscheidt klopfte an und trat ein.

»Wo sind eigentlich die anderen? Das Sekretariat lädt allen Krempel bei mir ab. Normalerweise ist doch Josef für den Telefondienst zuständig.«

Oberdorf schaute vom Monitor auf. »Josef hat sich krankgemeldet, Anne ist bei den Terhüntes und versucht, mit der Tochter zu reden, Laura ist bei der Chefin.«

»Was will sie denn bei Es?«

Oberdorf berichtete von Cicottis Entdeckung.

»Das ist ja sehr interessant«, bemerkte Lieferscheidt.

»Findest du?«, sagte der Hauptkommissar abweisend. »Ich glaube, es ist nur eine neue Nebelkerze, die der Kerl wirft. Zuerst das Brecht-Gedicht, jetzt die historischen Kriminalfälle. Wir sollen staunend davor stehen und vor lauter Begeisterung das Wesentliche vergessen. Der Typ erinnert mich an jemanden, der aus Streichhölzern den Kölner Dom nachbaut. Alle sagen: ›Toll! Wie hat er das nur gemacht?‹ Dabei übersieht man, dass die Aktion vollkommen sinnlos ist. Schließlich kann sich jeder den echten Kölner Dom angucken.«

»Jetzt bist du aber zu negativ!«, tadelte Lieferscheidt. »Immerhin hast du uns vom Fall Rohrbach erzählt.«

»Ja, ich habe Laura auf die Idee gebracht. Ich sage ja auch nicht, dass es gar nichts bringt. Wir dürfen uns nur nicht auf die Spielchen dieses Schweinehunds einlassen.«

»Meinst du nicht, dass sich der mögliche Täterkreis dadurch einschränkt?«

»Inwiefern?«

»Nun, wer kennt sich mit Justizfällen des zwanzigsten Jahrhunderts aus? In erster Linie Juristen.«

»Alle, die wissen, wie man an das Material herankommt«, sagte Oberdorf. »Zum Beispiel Journalisten. Ich bin gerade Meisners Artikel durchgegangen. Er hat eine Zeitschriften-Serie über historische Kriminalfälle veröffentlicht.«

»Heh, das ist ja phantastisch«, rief Lieferscheidt. »Hat er über die Fälle geschrieben, die unser Mörder inszeniert hat?«

»Nur über den Fall Rohrbach. Aber das heißt ja nichts. Meisner kennt sich jedenfalls aus. Ich hoffe, dass wir in bald in die Finger kriegen.«

»Da fällt mir ein: Er ist in Amsterdam gesehen worden.«

Oberdorf fuhr auf: »Warum sagst du das nicht gleich?«

»Die Amsterdamer Kollegen haben ihn zufällig vor die Linse bekommen, während der Beschattung eines Kinderporno-Filmers. Meisner hat mit dem Mann geredet. Das war vor zwei Tagen. Wo er sich im Moment befindet, wissen sie nicht.«

»Ich nehme an, Sie haben die Presse verfolgt?«, eröffnete Thomas das Gespräch.

»Ja«, sagte Conrady knapp.

»Die fangen an, sich auf Sie einzuschießen. Das gefällt mir gar nicht.«

»Die seriösen Medien nicht. Nur die Abteilung Boulevard und Klatsch.«

»Gerade die haben das größte Publikum. Ich habe keine Lust, auf einem Nebenkriegsschauplatz zu kämpfen. Deshalb überlege ich, ob wir Sie aus der Schusslinie nehmen sollen.«

»Sie wollen mir den Fall entziehen?«

»Nun ...«

»Wer soll ihn denn übernehmen? Die SK Organisierte Kriminalität? Die Mafia-Spur ist im Sande verlaufen.«

»Es gibt verschiedene Möglichkeiten ...«

»Haben Sie nicht auf der Medienkonferenz gesagt, dass ich aufgrund meiner Fähigkeiten genau an der richtigen Stelle bin.«

»Ich stehe voll und ganz hinter Ihnen«, versicherte Thomas. Sein Gesicht drückte das Gegenteil aus. »Ich denke nur an das Image der ZKR. Wir haben seit einiger Zeit die falschen Schlagzeilen. Zuerst die Sache mit Seldschuk, jetzt die Diskussion über Ihre ... äh ...«

Conrady betrachtete ihren Chef. Thomas legte Wert auf sein Äußeres. Er trainierte regelmäßig und hielt sich fit. Trotz seiner zweiundfünfzig Jahre war sein Ehrgeiz noch nicht gestillt. Bis zur Pensionierung wollte er noch ein oder zwei Gehaltsklassen höher klettern. Und sie stand ihm im Moment im Weg.

»Wir sind übrigens einen Schritt weitergekommen.« Sie berichtete von Cicottis Entdeckung.

»Wie schätzen Sie das ein?«, fragte Thomas. »Bringt es einen entscheidenden Fortschritt?«

»Es ist ein weiterer Mosaikstein, der das Bild des Täters klarer werden lässt«, schwächte Conrady ab. »Und wir sind ihm dicht auf den Fersen. Ich bin sicher, dass wir den Fall lösen werden.«

»Nun, ich will Ihre Arbeit nicht bremsen.« Thomas kaute auf seiner Unterlippe. »Was halten Sie von folgender Konstruktion: Nach außen übernehme ich selbst die Leitung der Ermittlungen. Für die Medien verschwinden Sie von der Bildfläche. Intern bleiben Sie die Herrin des Verfahrens.«

»Wenn ich freie Hand behalte, wie die Untersuchung zu führen ist, habe ich nichts dagegen.«

»Sie müssten sich nur stärker mit mir abstimmen und mir vor allen Dingen die Öffentlichkeitsarbeit überlassen.«

»Das ist kein Problem.«

»Dann sind wir uns ja einig – Frau Conrady.«

Conrady lächelte.

»Worüber lachen Sie?«

»Über das Zögern, bevor Sie das Wort ›Frau‹ ausgesprochen haben.«

Thomas seufzte. »Machen Sie mich nicht dafür verantwortlich, dass ich nach traditionellen Rollenvorstellungen aufgewachsen bin.«

»Sie meinen, Sie sind ein echter Mann.«

»Wenn Sie so wollen.«

»Und ich bin eine echte Frau.« Conrady stand auf. »Aber daraus müssen sich ja keine Konsequenzen ergeben.«

Thomas wurde rot.

XII

(dpb/rtu) Als eine Strafe Gottes bezeichnete der Erzbischof von Hamburg die sintflutartigen Regenfälle der letzten Wochen. Neben den neuen Seuchen seien auch Naturkatastrophen als eine Warnung an die vom rechten Weg abgekommene Menschheit zu verstehen. Doch noch sei es Zeit, die Zeichen richtig zu deuten. »Lasst uns aufhören, die Konsumgötzen anzubeten!«, forderte der Erzbischof.

(Ruhr Zeitung)

Der Mann vom Pflegedienst verließ den Bungalow und ging zu seinem Wagen. Rainer Bladen war allein im Haus. Seldschuk wartete noch drei Minuten, bevor er ausstieg. An der Haustür zu klingeln, war sinnlos. Über der Tür war eine Videokamera montiert und Bladen würde ihn sicher nicht freiwillig ins Haus lassen.

Der Bungalow stand in einem großen, gepflegten Garten. Bladen hatte ihn erst vor kurzem bezogen, in seinem alten Haus gab es zu viele Treppen und Stufen. Seine früheren Geschäfte hatten Bladen genug Geld eingebracht, um ein Leben in relativem Luxus zu führen. Im Rahmen dessen, was ihm noch möglich war.

Geschützt durch Bäume und Sträucher näherte sich Seldschuk der Rückseite des Hauses. Geräuschlos pirschte er sich an die Terrassentür heran. Der Blick, der sich ihm bot, bestätigte seine Vermutung: Bladen saß im Rollstuhl und las ein Buch.

Seldschuk ging ein paar Schritte zurück, bis er vor dem Fenster eines angrenzenden Zimmers stand. Dann wickelte er seine Jacke um die rechte Hand und schlug die Scheibe neben dem Fenstergriff ein. Sekunden später stand er in einem Schlafzimmer. Vorsichtshalber zog er seine Pistole aus dem Halfter.

Bladen erwartete ihn seelenruhig. Seldschuk erkannte ihn kaum wieder. Aus dem Mann, der in edlen Designerklamotten und mit gestylten Haaren herumstolzierte, war ein alternder Hippie geworden. Bladen trug Jeans und Sweatshirt, die braunen, grau gesträhnten Haare hingen ihm auf die Schultern und das Gesicht wurde von einem Vollbart verdeckt.

»Ah, der Kommissar. Ich habe dich schon ums Haus schleichen sehen. Warum kommst du nicht durch die Tür?«

»Ich bin kein Kommissar mehr.«

»Nein, das bist du nicht.« Bladen schien amüsiert. »Wegen grober Verfehlungen im Dienst gefeuert, ich habe davon gelesen.«

Seldschuk steckte die Pistole ein und zog einen Sessel heran.

»Warum bist du hier? Willst du dich an mir rächen?« Bladen legte das Buch auf die Oberschenkel und hob seine Hände. »Ich habe dich nicht verpfiffen. Berufsehre – wir Verbrecher gehen nicht zur Polizei. Aber du hast es ein bisschen zu arg getrieben. Irgendwann gingen bei mir die Lichter aus. Und jemand muss einen Krankenwagen gerufen haben. Als ich aufwachte, lag ich nämlich im Krankenhaus. Die Ärzte waren ziemlich besorgt, sie meinten, ich hätte fast den Löffel abgegeben. Und die Bullen waren auch schon informiert.«

»Ich habe selbst den Krankenwagen gerufen«, sagte Seldschuk.

»Edel.« Bladens Stimme troff vor Ironie. »Ich verdanke dir also nicht nur, dass ich ein Krüppel bin, sondern auch mein Leben. Ein zweifelhaftes Vergnügen, wie du dir denken kannst.«

»Ich wollte kein Mörder werden, nicht wegen dir.«

»Schön, du hast dein reines Gewissen bewahrt. Was willst du von mir? Soll ich im Prozess aussagen, dass ich mich selbst zum Krüppel geschlagen habe?«

»Nein. Ich möchte, dass du mir einen Gefallen tust.«

Bladen starrte den Expolizisten an. »Das ist ein starkes Stück, Seldschuk. Du hast mein Leben versaut. Und jetzt kommst du her und bittest mich um einen Gefallen.«

»Ich bereue nicht, was ich getan habe. Und ich habe nicht nur dein Leben versaut, sondern auch meins. Also erzähl mir nichts von Schuld und Sühne. Betrachten wir die Dinge doch mal nüchtern. Dir geht es verhältnismäßig gut. Du hast Geld, ein schönes Haus, wirst zweimal am Tag von Pflegern versorgt.«

»Du hast vergessen, dass ich noch meine Arme und meinen Kopf bewegen kann.«

»Richtig. Ein Level, auf dem es sich aushalten lässt. Ich bin in der Lage, dich ein Stück tiefer zu stoßen. Es kann alles noch schlimmer werden.«

»Du drohst mir?«

»Ich habe dich im Auge behalten, Bladen. Du hast dir zwei Thai-Boys einfliegen lassen.«

Bladen lachte. »Unterhalb der Hüfte bin ich gelähmt, sozusagen tote Hose. Was kann da schon passieren?«

»Dir werden genug Sauereien eingefallen sein. Außerdem waren die Thai-Boys unter sechzehn und man hat sie illegal nach Deutschland eingeschleust. Das reicht für ein Verfahren.«

»Und du bist bei mir eingebrochen. Das reicht auch.«

»Ich wollte mich mit dir aussprechen, dich um Verzeihung bitten.«

»Und wenn ich trotzdem nein sage?«

»Wie du bereits erwähntest, kannst du noch beide Arme bewegen. Mit nur einem Arm lässt es sich schlechter leben. Was habe ich schon zu verlieren?«, fuhr Seldschuk fort. »Selbst wenn man mich dafür drankriegt, ein Jahr Gefängnis mehr oder weniger ist mir auch egal.«

»Das solltest du nicht unterschätzen«, sagte der Mann im Rollstuhl. »Polizisten im Gefängnis sind echt mies dran. Die werden von den Knackis mit Vorliebe durchgelassen. Ein Tipp von mir und dein Leben ist die Hölle.«

Die beiden Männer maßen sich schweigend.

Bladen lächelte versonnen, als sei ihm etwas Witziges eingefallen. »Vor Jahren habe ich einen Bericht im Fernsehen gesehen. Es ging um einen Sheriff, irgendwo im ödesten mittleren Westen der USA. So ein Stiernacken-Sheriff, der Saubermann schlechthin. Der Sheriff war stolz darauf, das härteste Gefängnis der ganzen USA zu führen. Wegen jedem Furz wurde man in seinem County ins Gefängnis geworfen. Mann, war der Typ knallhart. Die Gefangenen mussten in Zelten leben, bei Affenhitze im Sommer und Frost im Winter. Natürlich bekamen sie nur den letzten Fraß vorgesetzt und bei jedem kleinsten Verstoß gegen die Gefängnisordnung wurden sie verprügelt. Er wolle die Kriminalität ausmerzen, erzählte der Sheriff, die Verbrecher sollten einen großen Bogen um sein County machen. Nun, in dem Bericht ging es auch darum, dass seine Hilfssheriffs einen psychisch Kranken aufgegriffen hatten, und da er nicht gleich die Gefängnisordnung begriff, haben sie ihn zu Tode geprügelt. Sag mir eins, Seldschuk, was unterscheidet diesen Sheriff von einem ganz gewöhnlichen Sadisten und Mörder?«

»Jetzt wirst du aber philosophisch.«

Bladen lachte. »Ich habe viel Zeit zum Lesen und Nachdenken, dank deiner Hilfe. Manchmal beschäftige ich mich sogar mit philosophischen Fragen.«

Seldschuk brauste auf. »Ich bin kein Polizist mehr und Moral interessiert mich nicht.«

»Du lügst«, fuhr Bladen dazwischen. »Du bist ein genauso mieser kleiner Moralist wie dieser Sheriff. Du hast mich halb tot geprügelt und dich dabei auch noch im Recht gefühlt.«

»Okay«, sagte Seldschuk ruhig. »Ich habe rot gesehen, weil ich ein Geständnis von dir wollte. Das war ein großer Fehler, ich gebe es zu. Aber deine Vergangenheit ist mir jetzt völlig egal. Ob du besser oder schlechter bist als ich, darüber kannst du nächtelang grübeln, ich werde keinen einzigen Gedanken darauf verschwenden. Ich weiß, dass du die Strichjungen nicht umgebracht hast, und das ist das Einzige, was zählt. Ich habe nur noch ein Ziel: Ich will den Scheißkerl finden, der die Jungen zu Tode foltert. Und ihn kaltmachen.«

»In einer Zeit, in der die Moral nichts gilt und die Realität beliebig veränderbar ist, wird allein die Logik zur Triebkraft des Mörders.«

»Von wem ist das?«

»Keine Ahnung, wie gesagt, ich lese viel.« Bladen lächelte. »Weißt du, in gewisser Weise bin ich dir tatsächlich dankbar. Mir ist klar geworden, dass mein altes Leben zu neunzig Prozent aus albernen Ritualen bestand: Auftritte, Verkaufsverhandlungen, Schaulaufen, Protzgehabe und alles, was dazu gehört: teure Autos, schicke Klamotten, den richtigen Frisör, immer hübsch gefeilte Fingernägel. Mein Gott, wie viel Zeit habe ich mit diesem Quatsch verplempert. Nichts davon ist mir wichtig. Genau wie meine angeblichen Freunde, die sich nicht mehr blicken lassen. Früher – früher hätte ich aus unserem kleinen Gespräch auch ein Ritual gemacht: Wer ist der Stärkere? Wer drückt den anderen zur Seite? Heute würde ich dir sogar einen Gefallen erweisen, wenn du mich darum bittest.«

Seldschuk schluckte. »Gut. Ich bitte dich um einen Gefallen.«

»Um welchen?«

»Ich möchte, dass du dem richtigen Mann einen Jungen anbietest. Du musst mir seinen Namen nicht nennen, du brauchst auch nicht vor Gericht aussagen. Ich werde dich aus allem raushalten. Du sollst nur das Geschäft einfädeln.«

Bladen runzelte die Stirn. »Ich bin raus aus der Branche. Ich weiß nicht, wer dein richtiger Mann ist.«

»Deine alten Kontakte funktionieren noch. Ein paar Telefongespräche und du bist wieder drin.«

»Wenn die rauskriegen, dass das eine Falle ist, machen die mich kalt, ist dir das klar?«

Seldschuk schaute dem Rollstuhlfahrer in die Augen. »Ja. Ich hoffe, dass ich schneller bin.«

»Ich brauche eine Woche.«
»Drei Tage.«
»Und ein Foto des Jungen.«
Seldschuk zog ein Foto von Jacob aus der Tasche. Sie hatten es am Morgen in einem Fotoladen gemacht.
Bladen betrachtete das Foto skeptisch. »Reichlich alt.«
»Er ist dreizehn, du kannst ihn für zwölf verkaufen.«
»Das wird nicht einfach.«
»Ich vertraue deinem Können. Du hast die Realität lange zum Schlechteren verändert, verändere sie einmal zum Guten.«
Bladen lächelte. »Eigentlich bist du für die Wiedergutmachung zuständig.«
Seldschuk lächelte zurück. »Die Welt ist verkehrt. Und hat nicht mal jemand gesagt, dass Geben seliger ist als Nehmen.«

Draußen ging ein Regenschauer nieder und Seldschuk sprintete zum Auto. Als er im Trockenen saß, blickte er zum Haus zurück. Bladen saß am Fenster. Beinahe hätte Seldschuk ihm zugewunken.

XIII

Herr Kriminaldirektor Thomas, hat es bei den bisherigen Ermittlungen Fehler gegeben?

Lassen Sie mich zunächst versichern, dass ich die Besorgnis der Bürger vollkommen verstehe. Wir haben bisher und wir werden auch in Zukunft alles Menschenmögliche tun, um den Täter zu fassen.

Aber warum haben Sie den Fall persönlich übernommen? Vertrauen Sie der Sonderkommission Serientäter nicht mehr?

Nein, ganz im Gegenteil. Unsere Leute haben hervorragende Arbeit geleistet. Bei einem solchen Fall muss man auch Geduld haben. Die Tatsache, dass ich persönlich Verantwortung übernehme, zeigt nur, dass wir dem Fall oberste Priorität einräumen.

(Ruhr-TV)

Die automatische Kennzeichenerfassung hatte gemeldet, dass sich Peter Meisners Wagen auf der E 35 zwischen Emmerich und Bocholt bewegte. Noch war nicht bekannt, ob sich Meisner selbst im Auto befand, doch die Autobahnpolizei hatte versprochen, den Wagen innerhalb der nächsten zehn Minuten zu stoppen.

»Endlich kommt Bewegung in die Geschichte«, sagte Jan Lieferscheidt. »Ich dachte schon, wir werden alle zu Hobby-Historikern.«

Anne Herzog reagierte nicht.

Die beiden hatten sich unverzüglich auf den Weg gemacht, als die Nachricht bei der SK Serie eintraf. Entweder, um Meisner zu übernehmen, oder um Näheres über den Aufenthaltsort des Journalisten zu erfahren.

»Heh!«, rief Lieferscheidt.

Herzog schüttelte sich. »Hast du was gesagt?«
»Was ist los mit dir? Hast du schlechte Laune?«
»Es geht mir nicht besonders«, antwortete Herzog muffig.
»Ich sagte: Endlich kommt Bewegung in die Sache.«
»Ja. Zumindest bewegen *wir* uns.«
Lieferscheidt war eingeschnappt und hielt den Mund.
Kurz darauf meldete sich eine Funkstimme: »Kommissar Krämer von der Autobahnpolizei. Wir haben den verdächtigen Wagen gestoppt. Der Fahrer ist identifiziert: Es handelt sich um Peter Meisner.«
»Super!«, freute sich Lieferscheidt.
Herzog, die auf der Beifahrerseite saß, drückte auf die Sendetaste. »Verstanden, Kommissar Krämer. Halten Sie Meisner in Ihrer Station fest. Wir sind in zirka einer Stunde da.«
»Das ist noch was«, knarzte Krämer. »Wir haben Videos und eine Fotodiskette sichergestellt. Nach erster Sichtung handelt es sich um ... äh ... kinderpornografisches Material. Sollen wir Ihnen einige Proben rüberfaxen?«
»In Ordnung«, sagte Herzog.
Ein paar Minuten später spuckte das Faxgerät das erste Foto aus.
Lieferscheidt warf einen Blick auf die Abbbildung. »Ich habe gehört, die vom BKA können in ihren Autos jetzt farbige Faxe empfangen.«
»Ich finde sie schon in Schwarzweiß ekelhaft genug.« Herzog sichtete die nächsten Faxe. »Dieser Junge hier kommt mir bekannt vor. Ich glaube, er wird von der Gruppe B gesucht. Er heißt Karim Salami oder so ähnlich.«

Meisner reagierte trotzig, als Herzog und Lieferscheidt in der Station der Autobahnpolizei auftauchten: »Wieso werde ich festgehalten? Was liegt gegen mich vor?«
Die Autobahnpolizisten zogen sich zurück und überließen den beiden Beamten von der Sonderkommission

das Büro. Herzog und Lieferscheidt setzten sich so, dass sie Meisner in der Mitte hatten.

Der Journalist entsprach ziemlich genau der Beschreibung, die Oberdorf veröffentlicht hatte: mittelgroß, korpulent, bekleidet mit Jeans und abgenutzter Lederjacke. Auf dem Hemd, das Meisner offenbar seit Tagen nicht mehr gewechselt hatte, zeichneten sich eingetrocknete und frische Schweißränder ab. Das fettige Haar hing strähnig vom Kopf, und obwohl es in dem Raum nicht sehr warm war, strömten Bäche von Wasser über Meisners Gesicht. Der Mann verströmte einen penetranten Körpergeruch.

Herzog bemerkte, dass seine Hände zitterten.

Er braucht Alkohol, dachte die Hauptkommissarin. Ohne sichtbare Regung sagte sie: »Wir möchten Sie als Zeuge in einer Mordsache vernehmen.«

»Was für eine Mordsache?«

»Es geht um die Ermordung von Rechtsanwalt Dieter Wandstroth und Richter Norbert Terhünte.«

»Terhünte ist tot?« Der Journalist schien ehrlich überrascht.

»Ja. Haben Sie das nicht mitbekommen?«, fragte Lieferscheidt aggressiv.

»Nein. Ich war in den letzten Tagen in Holland. Da habe ich keine deutschen Zeitungen gelesen.«

»Dass Wandstroth ermordet wurde, wissen Sie?«

»Das habe ich noch mitgekriegt. Aber was habe ich damit zu tun? Ich weiß nichts über die Morde. Seit meinem Verfahren hatte ich keinen Kontakt mehr zu Wandstroth und der Richter ...«

»Wir würden die Vernehmung gerne im Büro der Zentralen Kriminalpolizei Ruhrgebiet durchführen«, sagte Herzog.

»Und wenn ich mich weigere?«

Herzog betrachtete ihre Fingernägel. »Dann verhaften wir Sie vorläufig.«

»Weswegen?«

»Wegen Verstoßes gegen das Kinderpornografiegesetz

und wegen des Verdachtes, Vergewaltigungen von Minderjährigen begünstigt zu haben.«

»Hören Sie, ich habe in Holland recherchiert. Ich habe das Material gekauft, um Beweismittel in die Hand zu bekommen. Auf den Fotos und Bändern sind Jungen aus dem Ruhrgebiet, die als verschwunden gelten. Ich wollte das Zeug ohnehin der Polizei übergeben.«

Die Hauptkommissarin schaute auf. »Erzählen Sie das dem Untersuchungsrichter!«

Meisner atmete schneller. Der Schweiß lief ihm in den Bart. »Ich kann jetzt nicht mitkommen.«

»Warum nicht?«

»Ich ... ich muss erst ...« Er verstummte.

Lieferscheidt stand auf. Er riss Meisner hoch und drehte ihm blitzschnell den rechten Arm auf den Rücken. Der Journalist heulte auf. Schon hatte Lieferscheidt auch den linken Arm gepackt und ließ die Handschellen zuschnappen.

»He! Lassen Sie das! Ich komme ja freiwillig mit.«

»Das hörte sich gerade noch ganz anders an.« Lieferscheidt gab ihm einen Stoß und Meisner torkelte zur Tür.

Die Rückfahrt verlief weitgehend schweigsam. Herzog öffnete das Seitenfenster, um frische Luft hereinzulassen. Meisner stank wie ein abgehetzter Puma.

Meisners Zustand hatte sich nicht verbessert, er schwitzte immer noch sehr stark und seine Hände flatterten. Er hatte um ein Aspirin und einen Kaffee gebeten und beides bekommen.

Jetzt saß er im Verhörraum und wartete.

Zwei Kameras lieferten Aufnahmen des Verdächtigen in den Besprechungsraum der Gruppe A. Mit Ausnahme von Josef Hübner standen alle Mitglieder der Gruppe vor den Monitoren. Auch Ulrike Conrady und Hauptkommissarin Maria Melker, die Leitende der Gruppe B, waren anwesend. Melker hatte bestätigt, dass es sich bei dem Jungen auf den Fotos um Karim Salimi handelte, der seit zwei Monaten nicht mehr gesehen worden war.

»Ich glaube, er hat lange genug geschmort«, sagte Oberdorf. »Gehen wir rein!«

Oberdorf und Herzog wollten die Vernehmung durchführen.

»Wir sollten die Belüftung eine Stufe höher stellen«, schlug Herzog vor. »Der Typ stinkt bestialisch. Ich glaube, er hat sich seit Tagen nicht gewaschen.«

»Im Gegenteil.« Oberdorf grinste. »Wir drehen die Temperatur höher. Schau ihn dir an!« Er zeigte auf den Bildschirm. »Der Kerl ist fertig. Noch eine Stunde, und er macht die Pfötchenhaltung.«

Herzog verdrehte die Augen.

Die anderen verfolgten, wie Oberdorf und Herzog den Verhörraum betraten und sich gegenüber von Meisner an den Tisch setzten, der zusammen mit den Stühlen die gesamte Einrichtung bildete. Grelles Deckenlicht erhellte den fensterlosen Raum.

Oberdorf begann: »Herr Meisner, Sie wissen, dass Sie zu der Vernehmung einen Anwalt hinzuziehen können?«

»Ich brauche keinen Anwalt«, sagte Meisner laut. »Ich habe keine Straftaten begangen.«

»Wie Sie wünschen. Die Vernehmung wird aufgezeichnet. Es ist Freitag, der dreiundzwanzigste September, zwölf Uhr vierzig. Fangen wir mit Ihren Personalien an.«

Meisner nannte seinen Namen, seinen Beruf und seine Adresse. Dann zog er eine Schachtel Zigaretten aus der Tasche. »Darf ich rauchen?«

»Nein«, sagte Oberdorf.

»Kannten Sie Christine Bielmann?«, fragte Herzog.

Meisner stutzte. »Christine Bielmann? Nein. Aber der Name kommt mir irgendwie bekannt vor.«

»Sie ist ermordet worden, ebenso wie Wandstroth und Terhünte.«

»Was soll das schon wieder? Ich bin doch kein Mörder. Ich versichere Ihnen, dass ich niemals mit dieser Christine Bielmann gesprochen habe.«

»Welche Beziehung hatten Sie zu Dieter Wandstroth?«

Meisner lehnte sich zurück und strich eine Haarsträhne aus der Stirn. »Er war ein lausiger Rechtsanwalt, zumindest in meinem Fall. Er hat sich schlecht vorbereitet, einige Schriftstücke sind in seinem Büro schlicht verschwunden und ansonsten hat er so ungeschickt agiert, dass er mir mehr geschadet als genutzt hat. Zu seinen Gunsten könnte man sagen, er hatte einfach keine Lust auf den Prozess.«

»Und böswillig formuliert?«

»Wollte er mich reinreiten.«

»Wie sind Sie auf Wandstroth gekommen?«

»Zufall. Ein Bekannter hat ihn mir empfohlen.«

»Wieso haben Sie den Anwalt nicht gewechselt?«

Meisner machte mit Daumen und Zeigefinger seiner linken Hand das Zeichen für Geld. »Wandstroth hat mir einen Vorschuss abgenommen. Und es gab auch nur einen Prozesstag. Klar, ich hätte in die Berufung gehen können, aber dazu fehlte mir das nötige Kleingeld.«

»Sie hatten also allen Grund, auf Wandstroth sauer zu sein?«

»Da haben Sie Recht, ich war sauer auf ihn. Aber das ist für mich noch kein Anlass, ihn umzubringen. Ich denke, wir kennen alle eine Menge Leute, die wir nicht mögen. Wenn wir die alle umbringen würden, wäre die Erde bald entvölkert.«

»Was ist mit Richter Terhünte?«, fragte Oberdorf. »Waren Sie auf den auch sauer?«

Meisner zuckte die Schultern. »Er hat mich verurteilt, das machte ihn nicht zu meinem besten Freund. Nach dem Verlauf des Prozesses habe ich allerdings auch nicht mehr damit gerechnet, freigesprochen zu werden. Terhünte hat nur seine Rolle gespielt. Er war mir weder sympathisch noch unsympathisch.«

»Terhünte ist beim Strafmaß dem Antrag der Staatsanwaltschaft gefolgt. Er hätte gnädiger sein können.«

»Hätte er, an dem Tag war er wohl ungnädig.«

»Wo waren Sie am Abend des dreizehnten September?«, fragte Herzog unvermittelt.

Der Journalist schaute sie an. »Welcher Wochentag war das?«

»Dienstag letzter Woche.«

»Keine Ahnung.«

»Denken Sie nach!«

»Was ist denn da passiert?«

»Am Abend des Dreizehnten wurde Christine Bielmann ermordet.«

Meisner schnaufte. »Ich bin draußen herumgelaufen und habe nach einem Mordopfer gesucht. Das wollen Sie doch hören, oder?«

»Besser, Sie liefern uns ein Alibi.«

Er dachte nach. »Ich war zu Hause. Ja, ich habe gearbeitet und später vor dem Fernseher gesessen und dabei zwei, drei oder vier Flaschen Bier getrunken.«

»Sie waren allein?«

»Ich bin meistens allein, ein richtiger Einzelgänger.« Er grinste schief. »Weiß auch nicht, warum das mit mir und den Frauen nicht klappt.«

Herzog hätte ihm einen Tipp geben können, verkniff sich aber die Bemerkung, die ihr auf der Zunge lag.

»Kommen wir zum Abend des Fünfzehnten und der Nacht vom Fünfzehnten auf den Sechzehnten«, sagte Oberdorf.

»Schon wieder ein Alibi? Wer ist da ermordet worden?«

»Dieter Wandstroth.«

Meisner wischte sich den Schweiß von der Stirn. »Es ist verdammt heiß hier, finden Sie nicht?«

»Nein. Möchten Sie, dass wir die Temperatur drosseln?«

»Das wäre nett. Und ... äh ... ein Glas Wasser hätte ich auch gern.«

»Selbstverständlich.« Oberdorf hob den Arm und machte ein Zeichen.

»Ach, unsere kleine Show wird übertragen.« Meisner schaute direkt in eine Kamera. »Wie viele gucken denn zu?«

»Das braucht Sie nicht zu interessieren.«

»Soll ich den Thermostaten niedriger drehen?«, fragte Cicotti im Besprechungsraum.

»Quatsch«, sagte Lieferscheidt. »Wilfried will ihn kochen.«

Cicotti schaute zu Conrady.

Die schüttelte kaum merklich den Kopf. »Wir ändern die Temperatur nicht. Aber wenn Sie so freundlich wären, Meisner ein Glas Wasser zu bringen.«

Eine Minute später erschien Cicotti auf den Bildschirmen. Sie stellte das Glas auf den Tisch und zog sich wieder zurück.

Meisner starrte die hübsche Italienerin an, bis sie verschwunden war, dann griff er gierig zu dem Glas und kippte den Inhalt in einem Zug herunter.

»Geht es Ihnen jetzt besser?«, fragte Oberdorf.

»Puh!« Cicotti schüttelte sich. »Da drinnen stinkt es ja wie im Jungen-Umkleideraum einer Turnhalle.«

»Ruhe bitte!« Conrady konnte Meisners Antwort nicht verstehen.

»... die Vernehmung nicht morgen oder Montag fortsetzen? Ich bin völlig kaputt und würde gerne nach Hause gehen.«

»Das ist leider nicht möglich«, sagte Herzog. »Wir müssen Sie hier behalten.«

Meisner brauste auf. »Aber warum denn? Sie wollen mir doch nicht ernsthaft diese Morde anhängen?«

»Wir könnten zehn Minuten Pause machen«, schlug Oberdorf vor.

»Bringen wir es hinter uns.« Der übergewichtige Mann schnappte nach Luft, sein Gesicht war krebsrot. »Je eher desto besser.«

»Der Abend des Fünfzehnten«, erinnerte Oberdorf.

»Zwei Tage nach dem Dreizehnten, der Donnerstag, richtig? Warten Sie mal! Da war ich in meiner Stammkneipe. Die *Krone*, gleich bei mir um die Ecke, von zehn bis etwa halb eins.«

»Von zehn bis halb eins«, wiederholte Oberdorf mit hörbarem Misstrauen. »Und vorher?«

»Vorher war ich zu Hause und hinterher auch.«

»Haben Sie in der *Krone* jemanden getroffen?«, fragte Herzog.

»Nein. Der Tresenmann hat mich begrüßt und mit einigen von den Jungs, die da immer herumstehen, habe ich mich über Borussia unterhalten. Ich bin mir allerdings nicht sicher, ob das jemand vor Gericht beschwören wird. Ich gehe nämlich drei- bis viermal pro Woche in die *Krone*. Wer kann da schon sagen, ob er mich am Mittwoch oder am Donnerstag gesehen hat? Wenn ich gewusst hätte, dass ich Morde begehe, hätte ich mir anständigere Alibis besorgt.«

»Wo waren Sie am Zwanzigsten?«, fragte Oberdorf. »Zwischen siebzehn und neunzehn Uhr?«

Diesmal kam die Antwort schneller: »Da bin ich in Amsterdam gewesen.«

»Genauer bitte!«

»Genauer geht's nicht. Ich bin einfach durch die Innenstadt gelaufen, anschließend habe ich ein chinesisches Restaurant gesucht und was gegessen.«

»Name und Adresse des Restaurants!«

»Keine Ahnung. Wenn Sie mich nach Amsterdam bringen, finde ich es vielleicht wieder.«

»Auch dort waren Sie allein, nehme ich an?«

»Richtig. Und für chinesische Kellner sehen deutsche Touristen vermutlich alle gleich aus.«

»Also haben Sie für den Mord an Terhünte ebenfalls kein Alibi.«

»Hören Sie doch auf! Ich brauche keine Alibis, weil ich niemanden umgebracht habe.«

»Was haben Sie in Amsterdam gemacht?«, schaltete sich Herzog ein.

»Ich hatte einen Hinweis, dass Jungen aus dem Ruhrgebiet nach Amsterdam verschleppt worden sind. An dem Thema arbeite ich seit etlichen Monaten.«

Herzog nickte. »Das wissen wir.«

»Na ja, ich habe mich in der speziellen Szene umgehört und als Kunde ausgegeben.«

»Hatten Sie Erfolg?«

»Wie man's nimmt. Zumindest habe ich auf den Fotos und Videos einen Jungen entdeckt, der hier vor zwei Monaten plötzlich verschwunden ist.«

Herzog schaute kurz zu Oberdorf. Wortlos kamen sie überein, die Strichjungen-Geschichte nicht zu vertiefen. Maria Melker und die Gruppe B würden sich Meisner sicher selbst vornehmen wollen.

»Wie lange waren Sie in Amsterdam?«

»Vom Zwanzigsten bis heute Morgen.«

»Wo haben Sie übernachtet?«

»In einem Hotel. Ich habe sogar eine Rechnung.« Meisner zeigte seine vergilbten Zähne. »Betriebskosten.«

»Ich dachte, Sie sind knapp bei Kasse.« Herzog faltete ihre Hände. »Wie konnten Sie sich da ein Hotel leisten?«

Meisner stieß Luft aus. »Hotel ist eine übertriebene Bezeichnung. Die Übernachtung hat zwanzig Euro gekostet, ohne Frühstück. Nachts liefen Ratten über die Fensterbank und die Wände waren so dünn, dass man jedes Wort aus den Nachbarzimmern mitbekam.«

»Aber die Videos und Fotos, die wir in Ihrem Wagen gefunden haben, die waren garantiert nicht billig.«

Zum ersten Mal wirkte Meisner verunsichert. »Ich brauche das Material für meine Arbeit. Ohne Beweismittel kann ich keine Beiträge verkaufen. Ich hoffe, dass ich das Geld wieder hereinbekomme.«

»Das erklärt nicht, woher das Geld stammt.«

»Ich habe ein bisschen zurückgelegt.«

»Erzählen Sie keine Lügen!«, sagte Herzog scharf. »Sie sind mit der Bezahlung der Strafe, die Ihnen Terhünte aufgebrummt hat, im Rückstand. Wir haben Ihre Liquidität überprüft. Sie sind so gut wie zahlungsunfähig.«

»Das mit der Strafe kriege ich schon irgendwie hin.« Der Journalist wischte sich Schweiß vom Gesicht. »Sie haben die Temperatur nicht niedriger gedreht, stimmt's? Sie wollen mich fertig machen. Um ehrlich zu sein: Ich bin fertig. Ich brauche einen Schnaps, nur so einen kleinen.« Er zeigte das Maß mit Daumen und Zeigefinger an.

Herzog ging nicht darauf ein. Meisner erinnerte sie an einen angeschlagenen Boxer, der taumelte, aber nicht fiel. Und der immer noch genug Kraft hatte, um zurückzuschlagen.

»Ich weiß, was Sie spielen«, fuhr Meisner fort. »Sie spielen das Guter-Bulle-böser-Bulle-Spiel. Sie da ist der böse Bulle und Sie«, er zeigte auf Oberdorf, »sind der gute Bulle. Besorgen Sie mir einen Schnaps!«

»Hören Sie auf mit dem Scheiß!«, fuhr ihn Oberdorf an. »Es gibt keinen Alkohol, solange Sie hier sind. Und glauben Sie nicht, dass ich auch nur einen Funken Verständnis für Sie aufbringe. Leute, die mit Kinderficker-Fotos handeln, sind für mich der letzte Abschaum.«

»Aber ich handele doch nicht damit!«, schrie Meisner. »Ich bin Journalist. Ich will die Sache aufklären und diejenigen drankriegen, die dafür verantwortlich sind.«

»Wer ist denn dafür verantwortlich?«

»Das weiß ich nicht.«

»Sie glauben also nicht mehr, dass der Politiker Becker dahinter steckt?«

»Das Gericht hat mir verboten, diese Behauptung zu wiederholen.«

»Sie haben einen Ausweis der Stadtbücherei«, sagte Herzog.

Meisner schaute sie verdutzt an. »Ja und? Ich lese. Das gehört zu meinem Beruf.«

»Wann waren Sie zuletzt in der Stadtbücherei?«

»Das ist schon eine Weile her, vor zwei oder drei Monaten.«

»Nicht zufällig Anfang dieser Woche?«

Er lachte auf. »Jetzt weiß ich, worauf Sie hinauswollen: Sie glauben, ich hätte den Kopf von Wandstroth in der Stadtbücherei versteckt. Nein, das war ich nicht, tut mir Leid.«

Oberdorf schaute auf seine Unterlagen. »Kennen Sie die *Ballade vom ertrunkenen Mädchen*?«

Meisner starrte ihn an. »Was ist das? Ein Quiz?«

»Beantworten Sie bitte meine Frage!«

»Klingt nach einem Brecht-Gedicht.«

»Können Sie uns etwas über das Gedicht sagen?«

»Ich glaube, es ist ein Frühwerk von Brecht, so um 1919 geschrieben.«

»Wie lauten die ersten Zeilen?«

Der Journalist lachte: »Ich habe zwar Germanistik studiert, aber keine Gedichte auswendig gelernt.«

»Sie haben sich doch mit Brecht beschäftigt«, setzte Oberdorf nach. »Haben Sie nicht eine Seminararbeit über *Brecht und die Frauen* geschrieben?«

Meisner reagierte wütend. »Woher wissen Sie das? Ich dachte, es gibt noch so etwas wie Datenschutz in diesem Land.«

»Wo waren Sie am Abend des dreizehnten September?«, fragte Herzog.

»Ich weiß es nicht. Ich meine, ich war zu Hause.«

»Und am Fünfzehnten?«

»In der *Krone*.« Meisner grunzte. »Ich bin noch nicht senil, Frau Kommissarin. Ich bin vielleicht schlampig, nicht besonders erfolgreich und dazu versoffen, aber ich weiß, was ich rede. Ich sage Ihnen in aller Deutlichkeit: Ich habe niemanden umgebracht, ich wäre nicht in der Lage, jemanden zu töten. Wandstroth hat mich enttäuscht, Terhünte war mir egal und diese Bielmann habe ich nicht einmal gekannt. Also: Lassen Sie mich jetzt endlich gehen?«

»Haben Sie Kontakt zu Andreas Seldschuk?«, fragte Oberdorf.

Meisners Augen flackerten. »Wir habe ein paar Mal miteinander gesprochen, als er wegen der Strichjungen-Morde ermittelte.«

»Ich meine, nach seiner Suspendierung vom Dienst?«

Der Journalist zögerte: »Nein.«

Kriminaldirektor Thomas war leise in den Besprechungsraum gekommen und hatte sich zu der Gruppe vor den Monitoren gestellt. Er konnte sehen, wie Oberdorf das Vernehmungszimmer verließ und zwei uniformierte

Beamte den heftig protestierenden Meisner abführten. »Ich habe die Vernehmung in meinem Büro verfolgt«, wandte sich Thomas an Conrady. »Was meinen Sie: Ist er unser Mann?«

»Ich glaube nicht«, antwortete Conrady bestimmt. »Aufgrund seiner psychischen Konstitution traue ich ihm drei derart brutale Morde nicht zu. Abgesehen davon, fehlt uns im Fall Bielmann jegliches Motiv.«

»Aber er hat keine Alibis für die Tatzeiten.«

»Gerade das bestärkt mich in meiner Auffassung. Unser Mörder arbeitet sehr professionell und umsichtig. Er würde sich Alibis besorgen.«

Herzog und Oberdorf kamen herein.

Anne Herzog fächelte sich Luft unter ihr T-Shirt. »Mein Gott, war das stickig. Ich muss sagen, Wilfried, du hast schon subtilere Methoden angewandt.«

Auch Oberdorf sah verschwitzt aus. »Ich hatte gehofft, er würde zusammenbrechen. Aber er hat sich besser gehalten, als ich dachte.«

Herzog erblickte Thomas und ließ ihr T-Shirt über die Hose fallen.

»Lassen Sie uns die Vernehmung kurz auswerten«, sagte Thomas. »Sie standen in direktem Kontakt zu dem Verdächtigen. Mich interessiert, Ihre Meinung zu hören.«

Alle setzten sich an den runden Tisch.

Oberdorf nickte Herzog zu.

»Ich denke nicht, dass er der Täter ist«, sagte die Hauptkommissarin. »Meisner entspricht nicht dem Täterprofil. Er hat Alkoholprobleme und reagiert sehr emotional. Der Mann, den wir suchen, ist äußerst kaltblütig. Bezeichnend auch, dass Meisner sich völlig teilnahmslos verhielt, als wir den Namen Bielmann erwähnten. Ich bin fast hundertprozentig sicher, dass er die Frau nicht kannte.«

»Das ist auch meine Meinung«, stimmte Oberdorf zu. »Unser Mörder ist ein Profi, nicht so ein Weichei wie Meisner. Ich halte es allerdings für möglich, dass er mehr über die Morde weiß, als er zugibt.«

»Zumindest hat er an zwei Stellen nicht die Wahrheit gesagt«, fiel Herzog ein. »Die Lügenhinweise waren offensichtlich. Einmal, als wir ihn nach dem Geld für das Pornomaterial fragten, und zum zweiten, als es um Andreas Seldschuk ging.«

»Apropos Seldschuk.« Oberdorf schaute Thomas an. »Ich würde ihn gern als Zeugen vernehmen.«

»Haben wir das nicht schon besprochen?« Conrady ballte ihre Faust. »Ich sehe keine Verbindung zwischen Seldschuk und der Mordserie. Sie verschwenden nur Ihre Zeit.«

»Aber ich bitte Sie, Frau Conrady!« Oberdorf betonte das vorletzte Wort. »Wir haben gerade festgestellt, dass Meisner im Zusammenhang mit Seldschuk etwas verschweigt. Der Täter, nach dem wir suchen, vermeidet nicht nur jegliche Spuren, er verfügt auch über kriminalistisches Wissen. Ich weiß, es klingt verwegen, aber er könnte ein Polizist sein. Oder ein Expolizist.«

Die Spannung im Raum war mit Händen zu greifen. Thomas' Blick wanderte von Conrady zu Oberdorf. »Ist Ihnen klar, was Sie da sagen, Herr Oberdorf?«

»Vollkommen. Und es gibt noch etwas.«

»Was?«

»Seldschuk ist verschwunden. Ich habe mit Frau Seldschuk telefoniert. Sie kennt den Aufenthaltsort ihres Mannes nicht.«

Thomas seufzte. »Seldschuk hat uns schon genug Ärger bereitet. Von dem, was gesagt wurde, darf kein Wort an die Öffentlichkeit dringen. Ein Ex-ZKR-Mann als Mordverdächtiger hat uns gerade noch gefehlt. Suchen Sie ihn, aber bitte diskret! Keine Fahndung. Kein Wort an andere Dienststellen. Klar?«

Oberdorf nickte, Conrady fixierte einen Punkt an der Wand.

In eisiger Stimmung ging die Besprechung rasch zu Ende. Thomas entschied, dass am Wochenende weitergearbeitet werden müsse. Herzog schlug vor, Meisner einem Lügendetektortest zu unterziehen. Maria Melker wollte einen Haftbefehl für Meisner beantragen und ihn bezüglich der Videos und Fotos ausquetschen.

Dann liefen alle auseinander.

XIV

Der kleine Junge starrt erstaunt zum Himmel und fragt: »Mama, was ist das?« – »Das ist die Sonne«, sagt die Mutter. Hoffen wir, dass die Geschichte einmal wahr wird. Geht es euch nicht auch so, dass ihr von Weltuntergangsstimmung ergriffen werdet, sobald ihr morgens aus dem Fenster guckt? Da bleibt mir nur ein uralter Hit: *It never rains in southern California*. Kleiner Scherz am Rande.

(Radio Ruhr City)

Ulrike Conrady stellte ihren Schirm in einen Ständer und suchte nach einem Raucherraum. Es gab keinen. Immer weniger Restaurants boten Rauchergettos an, wegen mangelnder Nachfrage oder weil sich die Nichtraucher in den angrenzenden Räumen belästigt fühlten. Doch diesmal fiel Conrady der Verzicht leicht. Andreas Seldschuk hatte das Restaurant vorgeschlagen. Die Aussicht, den Abend mit ihm zu verbringen, entschädigte für manches.

Sie war eine Viertelstunde zu früh. Beim Kellner erfuhr sie, dass Seldschuk einen Tisch reserviert hatte. Das Restaurant gehörte zu der nobleren Sorte, der Kellner geleitete sie durch die Tischreihen. Conrady spürte, wie sie von Blicken befingert wurde, sie hörte, wie hinter ihr das Getuschel einsetzte. Sie schritt aufrecht und selbstbewusst, mit einem höhnischen Lächeln im Gesicht. Seldschuk hatte am Telefon aufgekratzt geklungen, so, als ob er sich auf das Treffen mit ihr freuen würde.

Conrady setzte sich und bestellte einen alkoholfreien Cocktail. Sie würde Seldschuk beibringen müssen, dass er sich in Gefahr befand, dass Oberdorf nach ihm suchte. Hoffentlich verdarb ihm das nicht die Laune.

Als Seldschuk erschien, erschrak die Kriminaloberrätin. Sie hatte ihn einige Wochen nicht gesehen, jetzt fiel ihr auf, dass er sich gehen ließ. Ein Besuch beim Frisör war ebenso überfällig wie eine Rasur. Der Anzug war zerknittert und die hastig umgebundene Krawatte passte farblich nicht zum Hemd.

Seldschuk hauchte ihr einen stacheligen Kuss auf die Wange. »Wie geht's dir?«

»Gut. Und dir?«

»Beschissen. Hast du schon was bestellt?«

»Nein. Ich wollte auch dich warten.«

Sie studierten die Karte. Conradys Magen war zugeschnürt, sie bestellte einen Salat. Seldschuk nahm gebratene Ente.

»Ich habe einen Bärenhunger.« Er rieb sich die Hände. »Stell dir vor, es gibt eine Chance, diesen Schweinehund zu schnappen, der für die verschwundenen und ermordeten Strichjungen verantwortlich ist.« Er erzählte von seinem Plan, Jacob als Köder einzusetzen.

Conrady fühlte, wie ihr das Blut in den Adern gefror. Der Mann, der ihr gegenübersaß, hatte jegliche Maßstäbe verloren.

»Bist du wahnsinnig?«, flüsterte sie. »Du setzt das Leben des Jungen aufs Spiel.«

»Ich werde ihn mit einem Mikro ausstatten und in der Nähe sein. Sobald es gefährlich wird, greife ich ein.«

»Aber du bist allein. Der Kerl, den wir suchen, muss ein einflussreicher Mann sein. Er wird Bodyguards haben, die ihn beschützen.«

»Und wenn schon. Sie wissen nicht, dass ich da bin. Und ich bin immer noch gut.«

»Ich könnte mit Maria Melker reden. Sie kann dich nicht leiden, aber ich bin ihre Chefin. Falls es brenzlig wird ...«

»Auf keinen Fall«, sagte Seldschuk barsch. »Es gibt ein Loch in der ZKR. Wenn die Melker informiert ist, weiß es die ganze ZKR und dann kann ich die Geschichte abblasen.«

Conrady dachte daran, dass auch Informationen über den Serientäter an die Medien durchgesickert waren. »Da ist noch etwas«, sagte sie, »Oberdorf will dich vernehmen.«

Seldschuk winkte ab. »Oberdorf ist ein phantasieloser Spießer.«

»Unterschätz ihn nicht! Er hält dich für einen Verdächtigen in der Mordserie, die die Gruppe A bearbeitet. Du hast sicher davon gelesen, die Hausfrau, der Rechtsanwalt und der Richter. Es gibt einen Zusammenhang, den wir nicht veröffentlicht haben: Bei jeder der Leichen wurde eine Zeile aus einem Brecht-Gedicht gefunden.«

Der Exkripomann schüttelte den Kopf. »Das ist doch vollkommen verrückt.«

»Ich habe natürlich versucht, Oberdorf davon abzubringen. Aber er hat sich die Unterstützung von Thomas gesichert.«

Seldschuk schaute ihr in die Augen. »Ulrike, ich bitte dich! Was für eine Nummer zieht Oberdorf da ab? Ich habe diese Leute nicht gekannt. Warum, um Himmels willen, soll ich verdächtig sein?«

»Es gibt Indizien.«

»Indizien? Was für Indizien?« Er blieb ruhig, aber die Haut auf seiner geballten Faust wurde weiß.

»Wir haben Peter Meisner verhaftet, den Journalisten.«

Seldschuk erstarrte. »Scheiße! Das darf nicht wahr sein. Meisner ist in Ordnung.«

»Hör zu, Andreas!« Sie sprach leise. »Meisner hat an der Uni eine Arbeit über Brecht geschrieben. Erinnerst du dich an die Verleumdungsklage, die der Politiker Becker gegen Meisner angestrengt hat? Meisner hatte ihn des Kontaktes zu Strichjungen bezichtigt.«

»Selbstverständlich. Ich habe selbst versucht, an Becker heranzukommen.«

»Der Rechtsanwalt, der Meisner vertreten hat, und der Richter, der Meisner verurteilt hat, sind tot. Das sind zwei der drei Opfer. Wir müssen dem nachgehen, das ist unsere Pflicht.«

Seine Augen sprühten vor Wut. »Ihr seid auf der falschen Spur. Meisner ist ein alter Säufer, aber kein Mörder. Lass ihn laufen!«

»Das kann ich nicht. Thomas hat mir die Leitung der Ermittlungen entzogen. Außerdem hatte Meisner kinderpornografisches Material in seinem Gepäck.«

»Verdammt!«

»Niemand glaubt, dass Meisner die Leute eigenhändig umgebracht hat, dazu war der Täter zu geschickt. Aber Oberdorf bastelt an der These, dass Meisner mit dem Mörder kooperiert. Er ist der Überzeugung, dass es sich beim Täter um einen Profi handelt, zum Beispiel einen Exkripomann. Angesichts der Tatsache, dass wir an den Tatorten so gut wie keine Spuren entdeckt haben, ist die These nicht so leicht von der Hand zu weisen.«

»Bin ich der einzige Exkripomann, der für einen Mord infrage kommt?«

»Nein. Allerdings gab es beim Verhör von Meisner zwei eindeutige Lügenhinweise: einmal, als man ihn nach dir gefragt hat, und zum zweiten, als es um das Geld ging, mit dem er das Pornomaterial in Holland gekauft hat.«

»Kein Wunder. Das Geld stammt von mir.«

Conrady wurde rot bis zum Haaransatz. »Du meinst, es ist ein Teil *meines* Geldes?«

»Indirekt, ja.« Seldschuk zeichnete mit dem Finger eine Linie auf die Tischdecke. »Ich musste einfach alles versuchen. Ich habe Meisner gebeten, sich in Holland nach Fotos und Tapes umzusehen, auf denen die verschwundenen Jungen auftauchen. Ich stinke hundert Meter gegen den Wind nach Bulle. Mir würde niemand etwas verkaufen. Meisner ist genau der Richtige für so was. Wir haben vereinbart zusammenzuarbeiten. Immerhin haben wir dasselbe Ziel: den verfluchten Schweinehund zur Strecke zu bringen.«

Conrady fing sich wieder. »Übrigens hatte er Erfolg.« Sie zog Kopien der Fotos aus ihrer Handtasche. »Auf einigen Fotos ist Karim Salimi zu sehen.«

»Was?« Er riss ihr die Kopien aus der Hand. »Wann wurden die Fotos gemacht?«

»Das wissen wir nicht.«

»Mein Gott, Ulrike, begreifst du nicht, was das bedeutet? Wenn die Fotos neueren Datums sind, *lebt* Karim noch. Und er hat sehr wahrscheinlich den großen Unbekannten gesehen. In der Villa in Essen, von der ich dir erzählt habe. Karim ist als Zeuge von unschätzbarem Wert.«

»Bei der Vernehmung ging es zunächst um die Mordserie. Die Melker und ihre Leute befragen Meisner noch an diesem Wochenende zu dem Pornomaterial. Ich lasse dir Kopien der Vernehmungsprotokolle zukommen.«

»Es ist sehr, sehr wichtig.«

»Ich weiß.« Sie wollte ihre Hand ausstrecken, um Seldschuk zu berühren, doch in diesem Moment brachte der Kellner das Essen. Seldschuk ließ die Kopien in seiner Jackentasche verschwinden.

Zunächst aßen sie schweigend, dann redeten sie über belanglose Themen. Erst beim Kaffee kamen sie auf das Thema zurück.

»Oberdorf hat bei deiner Frau angerufen«, sagte Conrady. »Sie behauptet, sie kenne deinen Aufenthaltsort nicht.«

»Ich habe ihr Felds Adresse nicht gegeben.« Seldschuk schaute auf die Straße. In den Pfützen spiegelte sich die Neonreklame. »Wir haben uns getrennt.«

»Warum?«

»Es gibt tausend und einen Grund.«

Sie legte ihre Hand auf seine. Er zuckte, zog seine Hand aber nicht zurück.

»Dein Sohn ist seit einem Jahr tot. Du musst darüber hinwegkommen.«

»Er war fünfzehn Jahre alt, Ulrike. Fünfzehn Jahre. Er ist von einem verdammten voll gepumpten Junkie erschossen worden, ohne jeden Grund. Nur weil er zufällig zum falschen Zeitpunkt am falschen Ort war.«

»Er hatte Rauschgift in den Taschen.«

»Fünf Gramm. Das bedeutet nicht, dass er gedealt hat.«

»Nein. Aber vielleicht war er nicht *zufällig* an diesem Ort.«

»Na und?« Er entriss ihr seine Hand. »Heißt das, dass man ihn einfach über den Haufen schießen darf? Vielleicht hat er Drogen genommen, ja. Vielleicht habe ich mich nicht genug um ihn gekümmert, ja. Vielleicht bin ich mitschuldig, ja.«

»Du darfst dir nicht ewig Vorwürfe machen. Siehst du nicht, was seit seinem Tod geschehen ist? Du hast deine Familie zerstört, deine Karriere ruiniert. Alles, was du tust, ist ein einziger verzweifelter Versuch, deinen Sohn zu rächen. Deshalb hast du dich so in den Strichjungen-Fall hineingesteigert.«

Seine Worte waren hart wie Geschosse. »Du gehst zu einer Therapeutin, ich nicht. Mich interessieren deine psychoanalytischen Deutungen nicht. Ich tue, was ich tun muss. Und wenn es das Letzte ist, was ich in meinem Leben mache.«

Das Lächeln schmerzte. »Ich will dir nur helfen, Andreas.«

Seldschuk atmete aus. »Entschuldige! Ich weiß, dass du mir helfen willst. Es tut mir Leid.«

Sie standen unter dem Vordach und schauten in den prasselnden Regen.

»Du kannst zu mir kommen«, sagte Ulrike Conrady. »Da wird dich Oberdorf nicht suchen.«

»Ich kann Jacob nicht im Stich lassen.«

Sie nahm ihren Mut zusammen. »Bei allem, was geschieht, solltest du eines wissen: Ich liebe dich.«

Seine Augen waren schwarz. »Ich weiß deine Zuneigung zu schätzen, wirklich. Aber im Moment ... kann ich mich auf keine Beziehung einlassen. Wenn alles vorüber ist, ich meine ...«

»Du bist mir keine Erklärung schuldig.«

Er zog sie wild an sich. Sie meinte, ein Schluchzen zu hören.

Dann verschwand er im Regen.

Conrady warf ihre Handtasche auf den Boden. Sie holte eine Flasche *Single Malt* aus dem Schrank. Das erste Glas trank sie im Stehen.

Du hast dich ihm an den Hals geworfen und er hat dich zurückgestoßen. Das hast du nun von deiner Ehrlichkeit.

Er ist in einer verzweifelten Situation, widersprach eine andere Stimme. Du darfst ihm das nicht übel nehmen. Tief in seinem Inneren liebt er dich auch.

So? Dann muss das Innere aber sehr tief sein. So tief, dass er es selbst nicht merkt.

Du bist ungerecht, sagte die zweite Stimme. Ungerecht und selbstsüchtig.

Na und? Sind wir das nicht alle? Ich will *ihn*, verdammt noch mal.

Das Telefon riss sie aus ihrem Zwiegespräch. Sie dachte an Seldschuk.

»Ja?«

»Hallo Zombie!«

Die Stimme klang intergalaktisch. Sie brauchte einen Moment, um zu begreifen, dass der Anrufer einen Stimmverzerrer eingeschaltet hatte.

»Wer sind Sie?«

Das Lachen dröhnte metallisch. »Gib dir keine Mühe! Ich bin der Alptraum, der euch verfolgt. Du weißt schon: *Tang und Algen hielten sich an ihr ein*. Schön, nicht?«

Der Mörder, dachte Conrady. Geh behutsam mit ihm um!

»Möchten Sie sich aussprechen? Ich bin bereit, mich mit Ihnen zu treffen.«

»Red keinen Scheiß! Ich bin noch nicht fertig. Mein Programm ist noch nicht zu Ende.«

»Sollen noch mehr unschuldige Menschen sterben? Seien Sie vernünftig! Stellen Sie sich der Polizei! Wir werden eine Lösung für Ihr Problem finden.«

»Wer sagt denn, dass die Menschen unschuldig sind, die ich töte? Aber keine Sorge! Die Liste ist nicht mehr lang.«

»Wer steht denn noch drauf?«

»Das wirst du bald merken. Aber das Beste kommt noch. Wenn ich mit meinem Programm fertig bin, bist du dran.«

»Wollen Sie mich auch umbringen?«

»Nein. Das heißt, vielleicht gehst du drauf, vielleicht nicht. Aber bevor du es herausfindest, wirst du durch die Hölle gehen.«

Die Leitung war tot.

Conrady hatte sich professionell und ruhig verhalten. Erst jetzt begannen ihre Hände zu zittern. Sie atmete ein paar Mal aus und ein, dann rief sie den technischen Dienst der ZKR an. Sie bat den Diensthabenden herauszufinden, von welchem Apparat aus sie angerufen worden war.

Zehn Minuten später hatte sie die Antwort. Der Anrufer hatte eine Telefonzelle in Wattenscheid benutzt.

XV

BÜRGER VERUNSICHERT – POLIZEI HILFLOS. OMA FELDKAMP (66) AUS ESSEN-KATERNBERG TRAUT SICH NICHT MEHR AUS DEM HAUS. »ICH HABE ANGST«, SAGT DIE RÜSTIGE RENTNERIN. WIE OMA FELDKAMP GEHT ES VIELEN. SEITDEM DER UNHEIMLICHE SERIENMÖRDER SEIN UNWESEN TREIBT, LIEGT EINE GLOCKE AUS ANGST ÜBER DEM RUHRGEBIET. UND VON DER POLIZEI SIND NUR AUSFLÜCHTE ZU HÖREN. ERST GESTERN WIEDER. »WIR HABEN NOCH KEINE HEISSE SPUR, ABER WIR ARBEITEN FIEBERHAFT«, SAGT POLIZEISPRECHER SCHMITZ. DIESE AUSREDE KENNEN WIR SCHON. DIE ZENTRALE KRIMINALPOLIZEI RUHRGEBIET (ZKR) HAT JEDE MENGE VORSCHUSSLORBEEREN GEERNTET. JETZT MUSS SIE BEWEISEN, WAS SIE KANN. ALLE WOLLEN, DASS DER TÄTER GESCHNAPPT WIRD – BEVOR ER DAS NÄCHSTE MAL ZUSCHLÄGT.

(DIE ZEITUNG)

Oberdorf saß in Thomas' Büro und triumphierte: »Sie werden es nicht glauben, Herr Thomas. Während ich gestern Abend durch die Innenstadt schlendere, sehe ich zufällig, wie Frau Kriminaloberrätin Conrady ein Restaurant betritt. Einer Intuition folgend – oder nennen Sie es von mir aus Neugier –, sage ich mir: Schau doch mal, mit wem sie sich trifft. Ich warte also in einem Hauseingang, und tatsächlich, zehn Minuten später erscheint Andreas Seldschuk auf der Bildfläche.«

»Zufällig?«, fragte Thomas. »Binden Sie mir keinen Bären auf!«

»Daraus ergeben sich zwei Punkte«, redete Oberdorf unbeirrt weiter. »Erstens: Die Kriminaloberrätin wusste die ganze Zeit, wo sich Seldschuk versteckt hält. Sie hat uns diese Information bewusst vorenthalten. Und zweitens: Die beiden haben eine Beziehung. Für mich besteht kein Zweifel, dass sie Seldschuk über unsere Ermittlungen auf dem Laufenden hält. Die Schlussfolgerung kann nur lauten: Wir müssen Frau Conrady ausschalten, sie stellt ein enormes Sicherheitsrisiko dar.«

Thomas stützte den Kopf auf den Unterarm. »Das erscheint mir ein bisschen zu vorschnell.«

»Ich bitte Sie, Herr Thomas! Meisner ist der Komplize von Seldschuk. Der Lügendetektortest hat das bestätigt. Und Seldschuk wiederum steht in enger Beziehung zu Conrady, die in leitender Position gegen ihren eigenen Freund ermittelt.«

»Nun machen Sie mal halblang, Herr Oberdorf!«, widersprach Thomas. »Okay, Meisner mag Kontakte zu Seldschuk haben. Aber noch wissen wir nicht, ob Meisner tatsächlich in die Mordfälle verwickelt ist. Können Sie sich vorstellen, welchen Skandal das verursacht, wenn ich Frau Conrady zum jetzigen Zeitpunkt suspendiere? Nur auf Ihre pure Vermutung hin, dass wir es mit einem polizeiinternen Komplott zu tun haben?«

Oberdorf nestelte an seiner Krawattennadel. »Und welchen Skandal würde es geben, wenn sich später herausstellt, dass wir trotz vorhandener Verdachtsmomente nichts unternommen haben, um weitere Morde zu verhindern?«

Thomas sah bekümmert aus. »Wollen Sie etwa Frau Conrady der Mittäterschaft bezichtigen?«

»Ich kann mich nur wiederholen: Der Mörder verfügt über kriminalistische und juristische Kenntnisse. Das trifft auf Seldschuk *und* Conrady zu. Wer kommt auf eine so verrückte Idee, historische Mordfälle zu kopieren? Doch wohl in erster Linie jemand, der sich, vielleicht während des Studiums, mit diesen Fällen beschäftigt hat. Frau Conrady ist Juristin. Und finden Sie es nicht merkwürdig, dass Frau Conrady zum Zeitpunkt des Mordes an Richter Terhünte nicht erreichbar war? Sie hatte ihr Handy und ihren Beeper ausgeschaltet, entgegen den Vorschriften. Sonst könnten wir ihr Bewegungsprofil abrufen und feststellen, wo sie sich zum fraglichen Zeitpunkt aufgehalten hat.«

»Moment mal! Und was ist mit dem Anruf des Mörders, den Frau Conrady gestern Abend erhalten hat?«

»Das könnte ein *Fake* sein«, sagte Oberdorf schnell. »Haben wir einen Tonbandmitschnitt des Anrufs? Nein.«

»Wir wissen, dass sie von einer Telefonzelle aus angerufen wurde.«

»Das beweist gar nichts. Vielleicht hat Seldschuk sie angerufen.«

Der Kriminaldirektor schüttelte den Kopf. »Nein, ich kann Ihnen da nicht folgen, Herr Oberdorf. Ich halte Frau Conrady für integer und loyal. Ihre Schwäche für den ehemaligen Kollegen Seldschuk war schon bekannt, als der noch in unserer Behörde arbeitete. Die Sache gefällt mir nicht, das gebe ich zu. Aber ich werde Frau Conrady nicht von dem Fall abziehen. Nicht, wenn Sie mir keine handfesten Beweise bringen.«

»Sie sind der Chef«, sagte der Hauptkommissar verbittert.

»Richtig. Wie lief es eigentlich gestern Abend weiter? Sie werden mir doch nicht erzählen, dass Sie einfach nach Hause gegangen sind?«

»Es gab eine stürmische Abschiedsszene vor dem Restaurant. Dann haben sich die beiden getrennt. Ich bin Seldschuk gefolgt. Er hält sich in einer Hochhaussiedlung am nördlichen Stadtrand versteckt. Die Wohnung ist auf den Namen Feld gemietet. Ich habe das überprüft. Feld ist Wissenschaftler und nimmt zurzeit an einem Forschungsprojekt in den USA teil.«

»Und? Warum nehmen Sie sich Seldschuk nicht vor?«

»Ich habe mir eine andere Taktik überlegt. Wie Sie vorhin richtig erwähnten, haben wir im Moment kaum etwas gegen Seldschuk in der Hand. Ich würde ihn gerne beschatten lassen, und zwar von Kräften, die nicht zur ZKR gehören. Das macht natürlich nur Sinn, wenn Frau Conrady nichts davon erfährt.«

Thomas seufzte. »In diesem Fall gebe ich Ihnen Recht.

Nun gut, ich besorge Ihnen die Leute. Die sollen Seldschuk rund um die Uhr beobachten. Wir werden sehen, was dabei herauskommt.«

Conrady nahm sich noch einmal die historischen Fälle vor. Irgendetwas mussten sie übersehen haben. Warum kopierte der Täter Morde, die allesamt rund fünfzig Jahre zurücklagen? Welche Botschaft wollte er ihnen übermitteln? Wo lag der gemeinsame Nenner der Fälle, abgesehen davon, dass sie seinerzeit für Aufsehen gesorgt hatten?

Sie begann mit dem Fall Hetzel, dem Lastwagenfahrer, der, zumindest im Sinn der Mordanklage, unschuldig verurteilt worden war. Aus den Aktennotizen formte sich das Bild eines tumben Machos, der gerne Frauen aufgabelte und den Verführer spielte. Und wenn sie nicht willig waren, dann gebrauchte er Gewalt. Conrady empfand kein Mitleid mit Hetzel. In der damaligen Rechtsprechung wurde Vergewaltigung zwar nicht allzu hart bestraft, aber ein paar Jahre hätte er sicher bekommen, zumal als Wiederholungstäter. Wer konnte sich für den grobschlächtigen Mann interessieren, ihn vielleicht sogar rächen wollen?

Gab das Motiv Rache etwas her, überlegte Conrady. Doch nur unter der Bedingung, dass zwischen den damaligen Opfern, oder den damaligen Tätern, eine Verbindung bestand. Und das war ziemlich unwahrscheinlich. Hetzel lebte in Süddeutschland, Rohrbach in Münster, Jaccoud in der Schweiz.

Conrady wandte sich dem Fall Rohrbach zu. Hier war das Material erheblich umfangreicher. Sie ging systematisch vor.

12. April 1957: Im münsterschen Aasee finden Kinder eine zerteilte, kopflose, männliche Leiche. Die Identifizierung gelingt recht schnell. Eines der Pakete, in denen die Leichenteile verstaut sind, wird von einem Lederriemen zusammengehalten, in den der Name Rohrbach eingeritzt ist. Hermann Rohrbach, von Beruf Anstreicher, Bett-

nässer, leicht debil, von seiner Frau schikaniert, die sich zudem einen englischen Soldaten als Liebhaber hält. Ihr Mann habe irgendwo Schwarzarbeit verrichten wollen, sagt die gar nicht trauernde Witwe. Deshalb habe sie ihn noch nicht vermisst.

Die Kriminalbeamten fassen bereits bei der ersten Begegnung den entscheidenden Verdacht: Maria Rohrbach zeigt nicht die angemessene Reaktion einer Ehefrau, die gerade vom Tod ihres Mannes erfährt. Sie muss von dem Mord gewusst haben, falls sie ihn nicht selbst ausgeführt hat.

Maria Rohrbach wird verhaftet. Kriminalpolizei und Staatsanwaltschaft gehen davon aus, dass es nur eine Frage der Zeit ist, bis sie den Mord gesteht. Ein Verhör reiht sich an das andere. Aber Maria Rohrbach gesteht nicht. So entwickelt sich der scheinbar einfache Gattenmord-Fall zu einem Indizien-Prozess.

Blutspuren unter den Bodendielen; Sprungfederabdrücke auf den Wolldecken, in die die Leichenteile eingewickelt waren, die zu den Sprungfedern im rohrbachschen Haushalt passen; Blutspuren auf Frauenhandschuhen; ein medizinisches Buch über den menschlichen Körper – für die Staatsanwaltschaft sind dies belastende Indizien, die jedoch nicht zum endgültigen Mordbeweis reichen. Leider finden sich in der rohrbachschen Wohnung keine Mordwerkzeuge oder blutbefleckte Textilien, leider hat niemand gesehen, wie Maria Rohrbach die Leichenpakete abtransportierte.

Schließlich kommen Gutachter zum Zuge. Besonders ergiebig erweist sich ein Professor Specht aus München, der Leiter der kriminaltechnischen Abteilung des Bayerischen Landeskriminalamtes. Er liefert die Erklärung für den immer noch verschwundenen Kopf des Hermann Rohrbach sowie das Fehlen jeglicher Abfallprodukte, die bei der Zerstückelung der Leiche und der anschließenden Reinigungsaktion zwangsläufig anfallen mussten. In Rußproben des rohrbachschen Ofenrohrs findet Specht Hinweise auf das Verbrennen von tierischen und menschlichen Substanzen, besonders solchen, die im menschlichen Kopf enthalten sind, ferner Spurenelemente, die zu Textilien und Bürsten passen. Mit anderen Worten: Maria Rohrbach hat den Kopf ihres Mannes im Ofen verbrannt, ebenso wie die blutbefleckten Lappen und Bürsten, mit denen sie die Wohnung gereinigt hat.

Zusätzlich bietet Professor Specht noch eine Giftmordtheorie an. Thalliumsulfatspuren im Ruß des Ofenrohres bringen ihn auf die Idee, dass Maria Rohrbach ihren Mann mit dem thalliumsulfathaltigen Rattengift Celiopaste »angegiftet« haben könnte. Da sich im Magen des Ermordeten Sternhaare von Malvenblüten finden, ist dem Gutachter auch die Methode klar: Die Verdächtige habe ihrem Mann das Gift in Malvenblütentee zugeführt, der die gleiche tiefblau-violette Farbe aufweise wie Celiopaste. Dummerweise können die Kripo-Leute weder Malvenblütentee noch Celiopaste im rohrbachschen Haushalt entdecken, auch lässt sich keine Apotheke ausfindig machen, die der Rohrbach die Celiopaste verkauft hat.

Der Staatsanwaltschaft reichen die Gutachten trotzdem. Im März 1958 beginnt vor dem Schwurgericht Münster der Prozess gegen Maria Rohrbach. Die Angeklagte behauptet nach wie vor ihre Unschuld. Doch die Gutachter überzeugen mit ihren Argumenten das aus neun Männern bestehende Gericht.

Professor Specht liefert noch eine weitere Zugabe. Bei der chemischen Analyse der von den Bodendielen abgekratzten Blutproben stellt er Spurenelemente von Thallium, Titan, Barium, Kobalt, Zink, Nickel und Blei fest, was für ihn nur die eindeutige Schlussfolgerung zulässt, dass es sich um das Blut eines mit Thallium vergifteten Anstreichers handelt.

Am 18. April 1958 wird Maria Rohrbach wegen Mordes zu lebenslangem Zuchthaus verurteilt.

Conrady lachte laut auf, als sie einen Satz aus der Urteilsbegründung des Landgerichtsdirektors las: »Die Art der Tötung, besonders die Zerstückelung und die primitive Art der Ablegung der Leichenteile ist für eine Frau charakteristisch.«

Ende September 1959 entdeckt ein Rentner den unverbrannten Kopf Hermann Rohrbachs in einem Bombentrichter.

15. August 1960: Maria Rohrbachs Rechtsanwalt beantragt die Wiederaufnahme des Verfahrens. Neue Gutachten werden vorgelegt: Der Thalliumgehalt im rohrbachschen Ofenrohr und in Rohrbachs Leiche liege im normalen Bereich, die von Professor Specht errechnete Menge Thalliumsulfat hätte ausgereicht, um Hermann Rohrbach schon lange vor seiner Ermordung zu töten. Hermann Rohrbach habe keine Anzeichen von Thalliumsulfatvergiftung, wie etwa totalen Haarausfall, gezeigt. Die Malvenblüten-Sternhaare hätten durch Einatmen in Hermann Rohrbachs Magen gelangen können. Das von Professor Specht analysierte »charakteristische Malerblut« sei eine biologische Neukreation, die festgestellten Metallspuren stammten von der mitabgekratzten Bodenfarbe.

Etliche professorale Gutachter bezweifeln Spechts wissenschaftliche Kompetenz, er habe keine Ahnung von den angewandten Untersuchungsmethoden und Analysen, er beherrsche nicht einmal die wissenschaftliche Sprache.

Am 3. Mai 1961 beginnt das Wiederaufnahmeverfahren. Professor Spechts Gutachten wird zerpflückt. Specht gibt zu, dass er glaubte, im Sinne der Staatsanwaltschaft gutachten zu müssen, da diese ihm 3500 Mark Honorar gezahlt habe.

Maria Rohrbach wird »wegen Mangels an Beweisen« freigesprochen.

Ulrike Conrady lehnte sich zurück. Falsche Gutachten. Professor Ponsold hatte im Fall Hetzel falsch begutachtet, Professor Specht im Fall Rohrbach. War der Mörder das Opfer eines professoralen Kunstfehlers? Warum tötete er dann Richter, Rechtsanwälte und Hausfrauen und *nicht* Wissenschaftler?

Conrady seufzte und schaltete den Monitor auf ihrem Schreibtisch ein. Der Verhörraum erschien auf dem Bildschirm. Maria Melker und einer ihrer Kollegen von der Gruppe B hatten Peter Meisner in der Mangel. Der Journalist sah schrecklich aus. Er sprach mit schleppender Stimme, seine Gesichtshaut war fleckig und die linke Gesichtshälfte zuckte unkontrolliert. Conrady hörte zu. Meisner redete über die Verkaufsverhandlungen in Amsterdam. Wenigstens ein Fall, der Fortschritte machte.

Sie schaltete den Monitor wieder aus. Unschuldig verurteilt, sowohl Hetzel wie Rohrbach. Justizirrtümer. Wie war das eigentlich im Fall Jaccoud? Was hatte Cicotti gesagt? Schlampige Spurensicherung, widersprüchliche Obduktionsberichte. Elektrisiert griff die Kriminaloberrätin zur Computermaus und klickte sich in den dritten Fall ein, den Fall Jaccoud.

Sie wühlte sich durch eine Fülle von Gutachten, die aufgrund der verwendeten antiquierten Methoden geradezu grotesk wirkten. Da gab es Stippchen auf einem Mantel und angebliche Leberzellenkerne auf einem Dolch, die sowohl vom Opfer wie auch von Sandwichkrümeln stammen konnten. Man hatte, um einen bei Jaccoud gefundenen marokkanischen Krummdolch als Tatwaffe zu identifizieren, Stichversuche an einem bekleideten Hund und während einer Operation an einem Kranken gemacht.

Mehrfach schüttelte Conrady den Kopf. Die Beweisführung war haarsträubend. Die Kriminalpolizei beschäftigte sich ausschließlich damit, dem Stadtrat und Staranwalt Jaccoud die Mordabsicht an André Zumbach, dem Sohn des Opfers, nachzuweisen, anstatt der näher liegenden Frage nachzugehen, wer einen Grund gehabt haben könnte, das eigentliche Opfer, Charles Zumbach, umzubringen. Alte Feindschaften und Auseinandersetzungen zwischen Links und Rechts schienen eine Rolle zu spielen. Dass der bekennende Reaktionär und Frauenfeind Jaccoud jahrelang eine Geliebte verheimlicht hatte, machte ihn den Geschworenen sofort verdächtig. Reihenweise fielen Zeugen und auch der Angeklagte in Ohnmacht. Jaccoud stand zudem unter starken Psychopharmaka, weil er mit Selbstmord gedroht hatte – für die Staatsanwaltschaft ein weiterer Schuldbeweis. Dass Frau Zumbach, die den Täter ja gesehen hatte, bei der Gegenüberstellung Jaccoud nicht wieder erkannte, ging in der politisch aufgeheizten Atmosphäre unter.

Am 4. Februar 1960 wurde Pierre Jaccoud zu sieben Jahren Zuchthaus verurteilt, offensichtlich ein fauler Kompromiss zwischen Schuldspruch und Freispruch. Wäre Jaccoud tatsächlich des Mordes überführt worden, hätte er mit lebenslänglich bestraft werden müssen.

Nachdem er zwei Drittel seiner Strafe verbüßt hatte, wurde Jaccoud aus der Haft entlassen. Im März 1965 kam es vor dem Genfer Kassationshof zu einer Revisionsverhandlung. Der Kassationshof hob das erstinstanzliche Urteil zwar nicht auf, beauftragte aber die Staatsanwaltschaft, neue Ermittlungen durchzuführen. Diese verliefen, wie nicht anders zu erwarten, im Sand.

Conrady griff zum Telefon und bat Cicotti zu sich ins Büro.

»Ich bin die historischen Fälle noch einmal durchgegangen und dabei auf eine Gemeinsamkeit gestoßen«, eröffnete sie, als die Oberkommissarin Platz genommen hatte. »Bei den Urteilen handelt es sich um Justizirrtümer, in den Verfahren gegen Hetzel und Rohrbach erwiesenermaßen und von Gerichten bestätigt, im Verfahren gegen Jaccoud mit großer Wahrscheinlichkeit.«

Cicotti schluckte. »Tatsächlich. Warum bin ich nicht selbst darauf gekommen?«

»Wissen Sie, was ich glaube?«, fuhr Conrady fort. »Unser Täter fühlt sich als Opfer eines Fehlurteils, ob vermeintlich oder zu Recht spielt keine Rolle.«

»Das würde auch auf Meisner zutreffen.«

»Schon. Aber Meisner ist nicht unser Mann, da sind wir uns alle einig. Außerdem gibt es noch eine weitere Gemeinsamkeit: Die Urteile gegen Hetzel, Rohrbach und Jaccoud basierten auf falschen wissenschaftlichen Gutachten. Wir müssen nach einem Verfahren suchen, an dem Terhünte als Richter und Wandstroth als Anwalt beteiligt waren und in dem ein fragwürdiges wissenschaftliches Gutachten den Ausschlag gegeben hat.«

»Ich habe alle Verfahren durch das Suchprogramm laufen lassen«, protestierte Cicotti. »Meisner war der einzige Treffer.«

»Wie weit sind Sie zurückgegangen?«

»Die letzten zehn Jahre sind datenmäßig erfasst. Von den Verfahren davor gibt es nur Papierakten.«

Conrady schwieg.

Cicotti zog eine Grimasse. »In den Archiven zu wühlen, kann Wochen dauern.«

Die Kriminaloberrätin lächelte aufmunternd. »Wir müssen alles versuchen, wir haben keine andere Wahl. Falls Sie Hilfskräfte brauchen, werde ich welche anfordern.« Sie hielt einen Moment inne, als sei ihr eine neue Idee gekommen. »Möglicherweise rächt der Täter nicht sich selbst, sondern einen Verwandten, seinen Vater oder seine Mutter. Das würde erklären, warum er auf derart alte Vorbilder für seine Morde zurückgreift.«

Cicotti nickte ergeben. »Ich mache mich Montagmorgen an die Arbeit.«

Als die Italienerin gegangen war, steckte sich Conrady zufrieden einen Zigarillo an. Dann aktivierte sie den Verhörraum-Kanal auf dem Monitor. Meisner wurde gerade von zwei Sanitätern weggetragen.

Es war immer wieder derselbe Traum. Sie rannte durch eine johlende Menschenmenge, die ihr die Kleider vom Leib riss. Ein Spießrutenlauf, bei dem ihr der Schweiß über den nackten Körper lief. Auf den absurd hohen Stöckelschuhen hatte sie keine Chance, den Gaffern zu entkommen. »Sie ist ein Mann«, kreischten die verzerrten Gesichter. »Sie ist ein Mann.«

Im Traum schaute sie nach unten und sah dieses Ding zwischen ihren Beinen baumeln.

Als das Telefon klingelte, griff sich Conrady zwischen

die Beine. Nein, auch diesmal war kein Penis nachgewachsen.

»Ja?«, flüsterte sie in das Mikro.

»Wir haben die vierte Tote.«

Von Oberdorfs Stimme geweckt zu werden war mindestens so schlimm wie ein Alptraum.

»Wer?«

»Jessica Osthues, die Nichte von Wandstroth. Sie schwamm im münsterschen Aasee.«

»Mord?«

»Höchstwahrscheinlich. Sieht zwar so aus, als ob sie ertrunken sei, aber sie war voll gepumpt mit Drogen. Nicht zu vergessen die vierte Gedichtzeile, die in ihrer Tasche steckte: *Pflanzen und Tiere beschwerten noch ihre letzte Fahrt*. Ich weiß nicht, ob Sie noch die ganze erste Strophe im Kopf haben.« Er rezitierte: »*Tang und Algen hielten sich an ihr ein / so daß sie langsam viel schwerer ward / Kühl die Fische schwammen an ihrem Bein / Pflanzen und Tiere beschwerten noch ihre letzte Fahrt*. Passt doch wunderbar auf die Osthues, finden Sie nicht, Chefin? Ich denke, die Osthues gehörte von vorneherein zum Programm des Killers. Vier Zeilen, vier Tote.«

Conrady brummte: »Wirklich wunderbar. Augenzeugen?«

»Null. Sie war am Samstagabend mit ihrem Freund verabredet, ist aber nicht erschienen. Jogger haben ihre Leiche heute Morgen im Aasee entdeckt.«

»Was ist mit dem Freund?«

»Er wird gerade von den münsterschen Kollegen verhört. Hat kein Alibi. Andererseits ...«

Conrady seufzte. »Ist schon klar. Ich bin gleich im Büro.«

Conrady, Herzog und Lieferscheidt fuhren auf der Schnellfahrerspur Richtung Münster. Es war noch relativ früh am Sonntagmorgen, die Autobahn war leer und ein leichter Nieselregen hüllte die Landschaft in ein verwaschenes Grau.

Conrady fühlte sich müde und zerschlagen. Erst gestern Abend hatte sie geglaubt, der Lösung nahe zu sein. Jessica Osthues' Tod hatte ihre Theorie in ein einstürzendes Kartenhaus verwandelt. Die Studentin war dreiundzwanzig Jahre alt gewesen, zu jung, um in einem lange zurückliegenden Prozess eine Rolle zu spielen. Dafür war sie die Nichte von Wandstroth. Lag der Schlüssel also doch beim Rechtsanwalt? Was hatten sie bloß übersehen?

»Warum Jessica Osthues?«, dachte Conrady laut. »Wodurch kann sie den Killer herausgefordert haben?«

Anne Herzog, die am Steuer saß, hielt den Blick auf die Fahrbahn gerichtet. »Serientäter haben selten eine Beziehung zu ihren Opfern. Sie sehen sie nicht als menschliche Wesen an, sondern als Beute. Es ist eine Art privater Faschismus. Der Mörder ist der Übermensch, neben ihm gibt es nichts Gleichwertiges. Alle anderen sind Untermenschen. Jessica Osthues muss nichts Besonderes getan haben, um den Killerinstinkt herauszufordern.«

»Aber es gibt ein System«, widersprach Conrady. »Zum einen haben wir zwei Juristen, zum anderen Wandstroth und seine Nichte.«

»Es gibt mehrere Systeme«, stimmte Herzog zu. »Das Brecht-Gedicht, die historischen Kriminalfälle, die Auswahl der Opfer. Wenn wir wüssten, nach welchem Prinzip er seine Opfer aussucht, hätten wir ihn. Da bin ich ganz sicher.«

»Sie haben doch mit der Osthues gesprochen«, wandte sich Conrady an Lieferscheidt. »Welchen Eindruck hatten Sie von ihr?«

Der Oberkommissar wischte sich über das zerknitterte Gesicht. »Sie schien unbesorgt zu sein. Natürlich war sie vom Tod ihres Onkels geschockt. Aber sich selber wähnte sie nicht in Gefahr. Das hätte sie mir sicher gesagt.«

»Wir haben die Spur des Geldes aus den Augen verloren«, ließ sich Herzog vernehmen. »Es war unser erste Gedanke und der ist meistens der beste. Woher stammen Wandstroths zwei Millionen Euro? Jessica Osthues profitierte vom Vermögen ihres Onkels. Und auch den Bielmanns ging es nicht schlecht. Christine Bielmann hat nicht gearbeitet, Werner Bielmann ist einfacher Arbeiter. Trotzdem konnten sie sich ein Haus kaufen, ohne Kredite aufnehmen zu müssen. Werner Bielmann hat etwas von einer Erbschaft erzählt, die seine Frau gemacht habe. Wir sollten dem nachgehen.«

Sie erreichten den südlichen Stadtrand von Münster. Der Regen wurde stärker.

Als sie im münsterschen Polizeipräsidium ankamen, sichtete die Mordkommission bereits die Datenmenge, die Laura Cicotti per E-Mail nach Münster geschickt hatte. Ein freundlicher Kriminalrat mit schmalem Gesicht und korrektem Schnurrbart nahm sie in Empfang und lotste sie in sein komfortables Büro. Ohne einen Zweifel daran zu lassen, dass die Zuständigkeit für den Mordfall Osthues in Münster liegen würde, bot er größtmögliche Zusammenarbeit an. »Haben Sie eine der ersten drei Gedichtzeilen mitgebracht? Dann können wir feststellen, ob die vierte aus derselben Quelle stammt.«

Jan Lieferscheidt hatte. Schriftart, Druck und Papierqualität stimmten überein.

»Wissen Sie inzwischen Näheres über die Todesursache?«, fragte Ulrike Conrady.

Der Kriminalrat nickte. »Wir haben den vorläufigen Obduktionsbericht. Jessica Osthues ist ohne fremde Einwirkung ertrunken. Allerdings wäre sie so oder so gestorben, sie hatte nämlich eine Überdosis Heroin im Blut.«

»War sie drogensüchtig?«

»Nach den bisherigen Erkenntnissen nicht. Es gibt auch nur einen Einstich. Vermutlich hat der Mörder ihr das Heroin injiziert und sie dann ins Wasser gestoßen. Es gibt auch Anzeichen für einen Kampf zwischen der Osthues und dem Täter. Ihr rechtes Handgelenk ist gebrochen und wir haben Textilspuren unter ihren Fingernägeln gefunden.«

Die ZKR-Leute schauten sich an. Zum ersten Mal gab es Material, mit dem sie den Täter identifizieren konnten.

»Sobald wir die Analysen haben, mailen wir Ihnen die Ergebnisse«, versprach der Münsteraner.

»Gibt es Hinweise darauf, dass die Osthues gewaltsam zum Aasee geschleppt wurde?«, erkundigte sich Herzog.

»Nein. Anscheinend hat sie den Täter freiwillig begleitet. Erst direkt am Ufer ist es zu einer Auseinandersetzung gekommen. Die Abdrücke im Gras lassen darauf schließen, dass der Täter die Frau zu Boden geworfen hat. Und um Ihre nächste Frage vorwegzunehmen: Er hat sie nicht vergewaltigt.«

»Jessica Osthues hatte einen Freund«, begann Conrady.

»Sascha Kersting. Er wird immer noch vernommen.«

»Hat er eine Ahnung, mit wem sie sich getroffen haben könnte?«

»Er war mit der Osthues verabredet, in einem Café. Anschließend wollten sie ins Kino. Als sie nicht erschien, hat er mehrfach bei ihr angerufen. Ohne Erfolg. Nein, er hat keine Ahnung.« Der Kriminalrat stand auf und ging zu dem Regal hinter seinem Schreibtisch, in dem ein Videorekorder und ein Monitor standen. »Ich habe die wichtigsten Passagen seiner bisherigen Aussage zusammenschneiden lassen. Ich nehme an, Sie wollen das Band sehen.«

Das war keine Frage.

Sascha Kersting sah übernächtigt aus. Ein schöner Bursche, ganz in Schwarz gekleidet, was gut zu seinen gegelten, schwarzen Haaren passte. Besonders die azurblauen Augen gefielen Ulrike Conrady, traurige Augen, die feucht glänzten.

»Ob ich eifersüchtig war?« Er wischte sich eine Träne aus dem Augenwinkel. »Na klar. Ich meine, Jessica war eine tolle Frau. Die hätte jeden haben können. Überall wurde sie angestarrt. Selbst ihre Professoren schleimten sich an sie ran.«

»Gab es einen konkreten Anlass für Ihre Eifersucht?«, fragte der Vernehmungsbeamte.

»Nein. Sie hat immer gesagt, dass sie nur mich liebt. Obwohl ...«

»Ja?«

»Ich war mir nicht sicher. Manchmal ist sie ein ganzes Wochenende weggefahren. Angeblich, um ihren Onkel zu besuchen.«

»Sie haben ihr nicht geglaubt?«

»Doch. Aber es hat mir nicht gepasst. Ich meine, was ist schon ein Onkel? Okay, er hat ihr viel Geld gegeben, das ganze Studium finanziert, und auch die Wohnung gehörte ja ihm.«

»Denken Sie, die beiden hatten eine intime Beziehung?«

»Nein.« Kersting schüttelte heftig den Kopf. »Wandstroth war ein alter Stinkstiefel. *Der* und Jessica, nie im Leben.«

»Sie mochten ihn wohl nicht besonders?«

»Da liegen Sie nicht falsch. Er mochte mich übrigens auch nicht. Das war unsere einzige Gemeinsamkeit.«

»Warum konnte Wandstroth Sie nicht leiden?«

»Ich glaube, er konnte niemanden leiden, mit Ausnahme von Jessica. Er spielte sich wie ihr Vater auf, und ich war nicht gut genug für sie, so was in der Art.«

»Und wie stand Jessica zu ihrem Onkel?«

»Ach, sie sagte, er sei einsam und niemand würde sich um ihn kümmern. Aber das war schließlich *sein* Problem. Geld genug hatte er ja.«

»Geld wofür?«

»Um ... was weiß ich? Um sich zu vergnügen.«

Schnitt.

Der Vernehmungsbeamte sagte: »Wandstroths Tod hat Sie also nicht sehr berührt?«

»Na ja, er war nicht *mein* Onkel, verstehen Sie?«

»Waren Sie vielleicht erleichtert, dass er sich nicht mehr zwischen Sie und Jessica stellen konnte?«

Sascha Kersting kratzte sich an der Wange. »Also ... nein, den Tod habe ich ihm nicht gewünscht.«

»Und wie hat Jessica den Tod ihres Onkels aufgenommen?«

»Sie war zuerst völlig fertig. Vor allem wegen der Art, wie ... ich meine, er ist ja ...«

Der Vernehmungsbeamte nickte. »Wir wissen, wie Wandstroth ums Leben gekommen ist.«

»Das hat ihr schwer zu schaffen gemacht. Aber ansonsten hat sie es relativ schnell weggesteckt.«

»Hatte Jessica nicht die Befürchtung, dass der Mörder sich auch für sie interessieren könnte?«

»Nein, überhaupt nicht. Sie dachte, es hätte mit den beruflichen Sachen ihres Onkels zu tun.«

»Welchen beruflichen Sachen?«

»Das wusste sie nicht. Wandstroth sprach mit ihr nicht über seine Arbeit.«

Schnitt.

Sascha Kersting berichtete in einer längeren Passage über die letzten Tage vor Jessicas Tod, wann sie sich getroffen, was sie zusammen unternommen hatten. Keine Hinweise auf einen geplanten Mord.

Der Kriminalrat stoppte das Band. »Unter normalen Umständen würde Kersting zu meinen Hauptverdächtigen zählen, auch wenn kein direktes Motiv erkennbar ist. Immerhin war er eifersüchtig auf den Onkel und er hat kein Alibi für die Tatzeit. Aber angesichts der Tatsache ...«

Ulrike Conrady führte den Satz zu Ende: »... dass Jessica Osthues eine Gedichtzeile in der Tasche hatte, spricht alles dafür, dass es unser Serienmörder aus dem Ruhrgebiet war.«

Laura Cicotti kam Conrady schon auf dem Flur entgegen. »Wilma Montesi«, sagte die Oberkommissarin. »Sie wurde am 11. April 1953 am Strand in der Nähe von Rom gefunden, halb im Wasser liegend, Tod durch Ertrinken. Zunächst ging die Polizei von einem Unglücksfall aus. Man nahm an, dass sie beim Baden ohnmächtig geworden sei. Erst später behaupteten zwei angebliche Zeuginnen, dass die Montesi ein Doppelleben geführt habe. Sie habe an exklusiven Partys einer einflussreichen römischen Clique teilgenommen, bei denen auch Drogen genommen wurden. Die Montesi sei an einer Überdosis gestorben und die mächtigen Männer hätten dafür gesorgt, dass die Leiche am Strand abgelegt wurde.«

Conradys Begeisterung hielt sich in Grenzen. Sie war die Spielchen des Mörders langsam leid. »Bringt uns das irgendwie weiter?«

Cicotti sah enttäuscht aus. »Ich dachte, es wäre von Bedeutung ...«

»Entschuldigung«, murmelte die Kriminaloberrätin, »ich bin ein bisschen müde. Ich wollte Ihre Arbeit nicht abwerten. Selbstverständlich ist jeder Hinweis von Bedeutung.«

»Ich habe das Material ins Netz eingegeben«, sagte Cicotti.

»Ich werde es mir ansehen«, versprach Conrady und verschwand in ihrem Büro.

Nachdem sie sich einen Kaffee geholt und einen Zigarillo angezündet hatte, ließ sie sich in ihren Ledersessel fallen. Was gab es an einem Sonntagnachmittag Schöneres, als sich mit einem vor fünfzig Jahren ertrunkenen römischen Mädchen zu beschäftigen? Sie schaltete den PC ein und klickte sich in den Fall Montesi.

Zwei Stunden später spürte sie einen unangenehmen Druck auf den Schläfen. Ein Polizeichef und ein Außenminister waren über den Fall Montesi gestürzt. Der Polizeichef, weil er den Mord angeblich vertuscht hatte, der Außenminister, weil sein Sohn angeblich in den Mord verwickelt war. Eine Schlüsselrolle spielte ein gewisser Ugo Montagna, Marchese von San Bartolomeo und Ritter vom Heiligen Grab, in dessen Jagdrevier Capocotta die berüchtigten Orgien und Rauschgiftpartys stattgefunden haben sollten. Montagna wurde von einer der beiden Zeuginnen, Anna Maria Caglio, seiner ehemaligen Freundin, schwer belastet. Sie bezichtigte ihn des Rauschgifthandels und anderer Verbrechen.

Über den Mord an Wilma Montesi konnten die Zeuginnen jedoch nur aus zweiter oder dritter Hand berichten. Und auch nach jahrelangen Ermittlungen, in denen Italien aufgrund der spektakulären Enthüllungen über das Leben der Reichen und Mächtigen an den Rand einer Staatskrise geriet, fanden sich keine stichhaltigen Beweise für einen Mord.

Der Prozess gegen Montagna und Piccioni, den Sohn des Außenministers, der schließlich im Jahr 1957, vier Jahre nach dem Tod von Wilma Montesi, in Venedig stattfand, entwickelte sich zur Farce. Selbst der Staatsanwalt glaubte seiner Kronzeugin Anna Caglio nicht mehr und warf ihr vor, aus Rachsucht gehandelt zu haben. Sogar ein Magier trat auf, der behauptete, mit der Montesi nach ihrem Tod geredet zu haben. Die Empörung, die das Land zunächst ergriffen hatte, verwandelte sich in Hohn und Spott.

Am Ende nahm der Prozess eine überraschende Wendung. Ein Onkel von Wilma Montesi, Giuseppe Montesi, verwickelte sich in Widersprüche. Zuerst gab er an, den Abend, als Wilma Montesi starb, in seiner Druckerei verbracht zu haben, dann behauptete er, bei seiner Geliebten in Ostia gewesen zu sein. Als auch das zweite Alibi bröckelte, wurden die Stimmen lauter, die Giuseppe Montesi für den Mörder Wilmas hielten. Doch der Onkel beteuerte seine Unschuld und auch ihm konnte man den Mord, falls es einer war, nicht nachweisen.

Ulrike Conrady steckte einen neuen Zigarillo an. Welche Erkenntnisse brachte der Fall Wilma Montesi in Bezug auf Jessica Osthues? Lohnte es sich überhaupt, darüber nachzudenken? Oder gehörte die Auswahl der Opfer zu dem Spiel, das der Mörder mit ihnen trieb? Falls er ein Insider war, wie Oberdorf vermutete, dann wusste er, wie Kriminalisten dachten. Töte zwei Juristen – und sie suchen die Lösung in einem alten Prozess. Töte einen Onkel und seine Nichte – und sie glauben an ein Familiendrama.

Conrady kam sich vor wie eine Kugel in einem Flipper, die von einer Bande zur nächsten gejagt wurde. Und der, der auf die Knöpfe drückte, hatte seinen Spaß daran.

Oder hatte das, was sie gerade dachte, schon die Grenze zwischen Sinn und Schwachsinn überschritten?

Es klopfte an der Tür und Kriminaldirektor Thomas trat ein. Thomas schnüffelte, schaute zum offenen Fenster und kaute an einer Bemerkung.

Conrady drückte den Zigarillo aus. »Setzen Sie sich doch, Herr Thomas!«

»Nein, danke, ich bin auf dem Weg nach Hause.« Er schnüffelte erneut. »Ich wollte Ihnen nur sagen, dass die Situation für uns brenzlig wird. Ich hatte vorhin die Ministerin am Telefon. Sie will Resultate sehen.«

»Sie steht unter dem Druck der Medien und der Opposition«, warf Conrady ein.

Thomas schob sein Kinn vor. »Das ist mir klar. Nichtsdestotrotz müssen wir Effektivität vorweisen. Die ZKR ist ein Musterprojekt des Landes. Die lokalen Polizeipräsidien beobachten uns sowieso mit Misstrauen. Falls wir den Fall nicht bald lösen, wird man kübelweise Häme über uns ausschütten.«

Conrady zuckte die Schultern. »Wir tun, was wir können.«

»Haben Sie eine Idee, was uns der Täter mit dem Fall Montesi sagen will?«

»Er zielt auf uns«, antwortete Conrady. »Die italienischen Polizeibehörden gerieten damals unter starken Druck. Der nationale Polizeichef musste zurücktreten, der Polizeipräsident von Rom wurde vor Gericht gestellt. Beinahe wäre es zu einem Volksaufstand gekommen. Der Täter reibt uns unter die Nase, wie hilflos wir sind.«

»Verdammt«, knurrte Thomas. »Er macht sich über uns lustig.«

»So sieht es aus«, sagte Conrady.

XVI

Eigentlich schade. Sie war ein schönes Mädchen. Schlank, dunkelhaarig, mein Typ. Unter anderen Umständen ...

Ich glaube, ich habe ihr auch gefallen. Sie kannte ja sonst nur diese verweichlichten, aufgeblasenen Wichte von der Uni. So wie ihr gegelter Freund mit den traurigen Hundeaugen. Ein richtiger Mann – das ist was anderes. Ich merkte, wie sie mich von der Seite anguckte, bewundernd, mit Respekt, in völliger Sicherheit. Vielleicht hätte ich sie in dieser Nacht rumgekriegt, ich bin mir fast sicher – wenn ich es gewollt hätte.

Aber ich wollte nicht. Ich weiß nicht, ob ich sie noch hätte töten können, nachdem ich mit ihr ... Und ich musste sie töten, denn sie gehörte zu meinem Programm. Ohne ihren Tod wäre das Kunstwerk nicht sichtbar geworden, das ich geschaffen habe. Es wäre zu einem stümperhaften Dreifachmord aus Rache verkommen, ohne Glanz, ohne Chance auf Ewigkeit, nach ein bis zwei Jahren vergessen und eingeordnet in eine Statistik der gewöhnlichen, hirnlosen Morde.

Mit Jessicas Tod habe ich dem Ganzen die Krone aufgesetzt. Gerade weil sie mich nicht direkt bestohlen hat, so wie es die Schlange Bielmann und der Schleimbeutel Wandstroth getan haben. Trotzdem hat sie von meinem Geld gelebt und den Rest hätte sie obendrein bekommen. Vielleicht hat sie nicht einmal gewusst, dass ihre Existenz auf Diebesgut gegründet war, vielleicht hat sie geglaubt, dass ihr Onkel sein Vermögen ehrlich erworben hat. Wie auch immer. Sie hat das Geld genommen, sie hat dem alten Sack Honig ums Maul geschmiert, damit Wandstroth ihr ein angenehmes, sorgenfreies Leben finanziert – und dafür hat sie die Quittung bekommen.

Sie war nicht überrascht, als ich vor dem Haus auf sie wartete, faselte nur etwas von ihrem Freund, der auf sie warten würde. Am liebsten hätte ich ihr gesagt, was ich von diesem

Schönling halte. Doch ich musste Verständnis heucheln, sie beruhigen. Mein Plan sah vor, dass sie freiwillig mitkam.

Natürlich hatte ich den Ort vorher ausgesucht. Es sollte am Aasee passieren, in der Nähe des Yachthafens. Da ist es um diese Tageszeit sehr ruhig, die nächsten Häuser sind weit entfernt. Als ich anhielt, bemerkte ich zum ersten Mal einen Anflug von Furcht in ihren Augen. »Warum fahren wir nicht weiter?« Mit schmollendem Unterton. Jedes Uni-Weichei hätte Pfötchen gegeben.

Ich säuselte etwas von Luft schnappen und herrlicher Brise nach dem vielen Regen.

Sie folgte mir – was blieb ihr auch anderes übrig. Aber von da an war sie auf der Hut. Sehr bedauerlich, dass ich mein schönes Drehbuch um einige Passagen kürzen musste. Eigentlich hatte ich vorgehabt, sie langsam auf ihren Tod vorzubereiten, ihr die Geschichte häppchenweise zu erzählen. Ich hatte mir ausgemalt, wie sie zuerst erstaunt sein würde, dann entsetzt und schließlich von Todesangst gepackt. Doch unter den gegebenen Umständen musste ich damit rechnen, dass sie versuchen würde zu fliehen und um Hilfe zu schreien. Und ich kann es mir nicht leisten, gesehen zu werden – noch nicht.

Also ging ich sofort zum Angriff über. Trotzdem war sie überraschend widerspenstig. Ihre Hände krallten sich in meiner Jacke fest und sie keuchte vor Anstrengung. Wahrscheinlich dachte sie, ich wollte sie vergewaltigen. Ich musste meine ganze Kraft aufwenden, um sie zu Boden zu drücken. Als ich die Spritze aus der Tasche zog, wurde sie plötzlich starr vor Angst. Sie winselte um ihr unbedeutendes, geschnorrtes Leben. Ich stach ihr in die Halsschlagader. Da muss man nicht lange suchen. Als das Heroin zu wirken begann, wurde sie ruhig. Nicht der schlechteste Tod.

Trotzdem war ich hinterher enttäuscht. Oder liegt es daran, dass bald alles vorbei ist? Jahrelang habe ich davon geträumt, wie ich meine Rache genießen würde, in der Realität geht alles viel zu schnell. Man müsste seine eigenen Erlebnisse auf einem Cyberchip speichern können. Leider ist die Technik noch nicht so weit. Und das Gedächtnis ist nur ein minderwertiger Ersatz.

Es wird nicht mehr lange dauern, bis sie auf meinen Namen stoßen. Hoffentlich habe ich dann Zeit genug, um die letzte Option zu aktivieren: Conrady.

XVII

Oh Gott! Der Gedichtmörder hat wieder zugeschlagen. Der Mann, der im Ruhrgebiet bereits drei Menschen brutal ermordet hat – eine Studentin aus Münster musste diesmal sterben. Er spritzte ihr eine Überdosis Heroin und warf sie in den Aasee. Die Masche des Serientäters, der in Polizeikreisen nur Gedichtmörder genannt wird: Er hinterlässt Zeilen des linken Dichters Bert Brecht. Und noch etwas ist seltsam: Jessica O. (23), das letzte Opfer, ist die Nichte des vor wenigen Tagen ermordeten Rechtsanwalts Dieter W. (55). Ein Familienkrieg?

(Die Zeitung)

»Du hast nichts zu befürchten«, sagte Seldschuk und hoffte, dass seine Stimme zuversichtlich klingen würde.

Sie waren den Ablauf bestimmt zehnmal durchgegangen. Jacob trug einen als Ohrstecker getarnten Empfänger und in dem Ring an seiner linken Hand war ein Mikro eingebaut. Seldschuk hatte den Jungen die Geräte einen ganzen Tag lang tragen lassen. Er sollte sich an sie gewöhnen und lernen, sie nicht zu beachten. Der Mann, dem er auf Vermittlung Bladens bald begegnen würde, war vermutlich extrem misstrauisch. Kinderficker stellten in ihrem öffentlichen Leben ehrbare Familienväter, angesehene Bürger, erfolgreiche Geschäftsleute oder geachtete Politiker dar. Sie hatten mehr zu verlieren als ein vorbestrafter Bankräuber. Und sie waren in der Regel intelligenter.

»Denk daran: Schau nicht auf den Ring, wenn du mir etwas mitteilen willst! Und formuliere es so, als würdest du mit deinem Kunden reden!«

»Ich weiß«, stöhnte Jacob. »Das hast du schon hundertmal gesagt.«

»Dann sag ich's zum hunderteinsten Mal. Wir dürfen kein unnötiges Risiko eingehen. Möglicherweise hat der Typ einen Bodyguard dabei. Wenn er dich filzt, tu so, als sei das ganz selbstverständlich. Und vertrau mir! Sobald es gefährlich wird, greife ich ein.«

»Bleib cool!« Jacob lümmelte sich auf dem Beifahrersitz. »Ich krieg das schon hin.«

Die Nachricht, das Karim noch lebte, hatte Jacob in Hochstimmung versetzt. Seit jener Nacht, in der er vor der Essener Villa auf Karim gewartet hatte, plagten ihn Schuldgefühle. Irgendwie wäre er für Karims Tod mitverantwortlich gewesen, auch wenn er nicht genau wusste, was er damals hätte anders machen sollen. Dass der kleine Karim seinen Arsch gerettet hatte, war jedenfalls die beste News, die er seit langem gehört hatte.

Und jetzt würde das Schwein dran glauben, das die Stricherszene in Angst und Schrecken versetzte. Dank ihm, dem genialen »Private Eye« Jacob. Jacob »The Last Boy Scout« Meyer. Vielleicht würde er sogar ins Fernsehen kommen. Hey, Leute, das war total easy. Ich bin da rein und hab die Bösen aufgemischt. Da werden Mami und Papi Augen machen, wenn sie ihn im Fernsehen sehen. Ein letztes Winkewinke vor dem Abflug in das angeblich so tolle Jugendheim, das Seldschuk für ihn aufgetan hatte. Na ja, was hatte er schon zu verlieren? In den letzten Monaten war sein Leben beschissen genug gewesen.

Seldschuk war weitaus weniger euphorisch. Seitdem sich Bladen gemeldet und den vereinbarten Treffpunkt durchgegeben hatte, quälten ihn Zweifel, ob er wirklich das Richtige tat. War es nicht zu riskant, ohne Rückendeckung zu arbeiten? Er musste hundertprozentig auf Draht sein, durfte keinen Fehler machen. Sonst gefährdete er nicht nur sich selbst, sondern auch Jacob. Es wäre sinnlos, jetzt die Kollegen anzurufen, sagte sich Seldschuk. Der Maulwurf in der ZKR würde den Mann warnen. Dann konnte er die Aktion gleich abblasen. Nein, er würde erst in dem Moment anrufen, in dem ein Zugriff möglich war.

Seldschuk lenkte den Wagen in das riesige Industriegebiet. Die meisten Fabriken waren leer und zu Ruinen verkommen. Ein riesiger Haufen Schrott unter einem grau verhangenen Himmel. Das Treffen sollte in einer stillgelegten Metallfabrik stattfinden. Ein gutes Versteck. Niemand würde dort ein kuscheliges Kinderfickernest vermuten.

Seldschuk fuhr auf den Bürgersteig und hielt an. »Da vorne ist es«, sagte er.

Jacob stiefelte über das Gelände. Ein bisschen mulmig war ihm schon zumute. Was für ein Endzeit-Szenario! Wie die Zukunftswelt in den Terminator-Filmen. Fehlte nur noch, dass ihn ein riesiger Roboter ins Visier nahm.

Jacob sah einen schwarzen Mercedes. Natürlich die fetteste Klasse. Er peilte die Lage. Kein Schwanz in Sicht. Jacob kratzte sich am Kopf und buchstabierte für Seldschuk das Nummernschild. Vermutlich war das Nummernschild gefälscht, aber schließlich war er Profi.

Seldschuk bestätigte. Es war gut, seine Stimme zu hören. Zu wissen, dass er nicht allein war. Auch wenn er später darauf verzichten musste, denn das Piepsen am Ohr konnte ihn verraten.

Jacob näherte sich dem Mercedes. Aus dem dunklen Fleck unter einer Rampe tauchte ein Mann auf. Grauer Anzug, breites Kreuz, angezüchtete Muskeln – unverkennbar ein Leibwächter.

»Man hat mich für einen Job bestellt«, sagte Jacob.

Breitkreuz nickte. »Hände hoch und Beine auseinander!«

Breitkreuz tastete ihn ab, auf die flüchtige Tour.

»Du gehst die Treppe hoch und rechts über die Galerie, bis zu einer Tür, auf der *Büro* steht. Klar?«

»Klar«, sagte Jacob.

Als er weit genug von Breitkreuz entfernt war, flüsterte er in den Ring: »Hast du alles mitbekommen?«

»Klar und deutlich«, antwortete Seldschuk. »Sei vorsichtig! Ich halte jetzt den Mund.«

Scheiße! Sein Herz schlug wie wild und der Magen spielte auch verrückt. Bloß nicht panisch werden, dachte Jacob, das macht die Typen besonders wild.

Er zwang sich, ein paar Mal tief Luft zu holen. Dann stand er vor der Tür mit der Aufschrift *Büro*.

Der Typ trug eine Gesichtsmaske aus Leder. Jacob entspannte sich etwas. Die Maske war ein gutes Zeichen. Dass der Arsch nicht erkannt werden wollte, bedeutete, dass er nicht die Absicht hatte, ihn umzubringen. Die Hände und der Körper ließen auf einen Mann um die fünfzig schließen, das übliche Alter. Lässig, mit Jeans und T-Shirt. Jacob rasterte kurz den Hintergrund: ein großes Bett, saubere Laken, zwei Stühle, eine Videokamera. Und die Bude war gut geheizt, um nicht zu sagen: sauwarm.

Jacob wandte sich wieder dem Mann zu. Die Maske ließ blutleere Lippen und zwei fiese Augen frei. Wahrscheinlich hätte der Sack ohne Maske auch nicht besser ausgesehen.

Die Augen musterten ihn mit angespitzten Blicken: »Wie alt bist du?«

»Zwölf.«

»Scheiße. Mein Kontaktmann hat mir einen Elfjährigen versprochen. Und du siehst aus wie dreizehn.«

»Ich schwöre, ich bin zwölf. Ich habe meinen Ausweis nicht dabei, aber ...«

»Halt die Klappe!«, fuhr ihn der Mann an. »Ich habe nicht viel Zeit.«

»Hören Sie!«, sagte Jacob. »Wenn Ihnen die Sache nicht passt, kann ich ja wieder verschwinden. Vergessen wir die Geschichte.«

Die Hand kam aus dem Nichts. Jacob sah sie erst, als sie in sein Gesicht klatschte. Er taumelte zurück. Seine linke Wange brannte.

»Ich habe eine Menge Geld für dich bezahlt.« Die Stimme war nahe am Gefrierpunkt. »Also laber mich nicht voll, sonst wirst du es bereuen.«

Jacob unterdrückte den Wunsch, die brennende Wange mit der Hand zu kühlen. Der Typ war ein Brutalo, soviel stand fest. Er musste ihn hinhalten, bis Seldschuk auf der Bildfläche erschien. »By the way, wo wir schon vom Geld reden: Wie wär's mit Vorauszahlung?«

»Was? Dein Zuhälter hat für dich kassiert. Halt dich an ihn! Ich zahle doch nicht doppelt, du kleiner Wichser.«

»Okay, okay.« Jacob wich zurück. »War wohl ein Missverständnis. Regen Sie sich bloß nicht auf!«

»Nun mach endlich! Zieh dich aus, verdammt noch mal! Das ist keine beschissene Talk-Show.«

Der Mann hatte sein T-Shirt abgestreift. Schweißbäche rannen über die grau behaarte Brust und den vorquellenden Bauch.

Jacobs Wange schmerzte, sein Kopf brummte. Er zog sich aus, so langsam wie möglich. Auf keinen Fall wollte er mit dem Typ ins Bett. Würde sich wahrscheinlich anfühlen, wie von einer Dampfwalze gevögelt zu werden. Wo blieb bloß Seldschuk? »Ja, es wird tatsächlich Zeit«, sagte er laut.

»Was redest du da?«

Ein Handy klingelte.

Jacob setzte sich aufs Bett und verfolgte, wie sich der Typ mit einem Grunzen meldete. Schade, dass er das Gesicht nicht sehen konnte.

Der Mann zuckte zusammen, die Hand, die das Handy hielt, zitterte.

Jacob schielte zur Tür.

Das Handy verschwand in der Hosentasche. »Ihr wolltet mich reinlegen, ihr Scheißer.«

Jacob bekam Panik. Er schrie: »Seldschuk! Andy!«

Seldschuk tobte, als ihn die beiden Männer aus dem Auto zogen und gegen die Fahrertür drückten. Er wusste sofort, dass es Bullen waren.

»Hört auf mit dem Scheiß! In dem Gebäude da drüben wird gerade ein Junge missbraucht. Wir müssen ihm helfen.«

Der Ältere lachte. »Ich habe schon bessere Ausreden gehört. Sie sind verhaftet, Herr Seldschuk.«

Seldschuk spürte mehrere Hände an seinem Körper. Die Hände fanden seine Pistole. Er zwang sich, ruhig zu sprechen: »Das ist keine Ausrede. Ich benutze ihn als Lockvogel. Er trägt ein Mikro am Körper.«

Der Jüngere schaute den Älteren an. Die Geschichte klang so abstrus, dass sie schon wieder glaubwürdig war.

»Wir haben unsere Anweisungen«, sagte der Ältere. »In der ZKR will man sich mit Ihnen über eine Mordserie unterhalten. Von einem Jungen wissen wir nichts.«

Aus dem Lautsprecher im Wageninneren kamen Jacobs Schreie.

»Aber es ist die Wahrheit. Ihr habt doch von den Morden an Strichjungen gehört.« Seldschuk flehte: »Bitte! Der Junge ist in Lebensgefahr. Legt mir Handschellen an! Macht mit mir, was ihr wollt! Bloß – geht da rein und holt den Jungen raus, so lange es noch nicht zu spät ist!«

Die beiden Polizisten wurden unsicher. Seldschuk merkte, dass er sie fast überredet hatte. »Wollt ihr mitschuldig an seinem Tod sein? Das ist unterlassene Hilfeleistung. Man wird euch aus dem Dienst jagen.«

Jacob schrie: »Nein!« Dann gab es einen Knacks, gefolgt von monotonem Rauschen. Das Mikro war kaputt.

»Wolfgang!«, sagte der jüngere Polizist.

»Na schön! Wir können ja mal ...«

Hinter ihnen kreischten Bremsen. Seldschuk drehte den Kopf und sah, wie Oberdorf ausstieg. Er stöhnte. Oberdorf – ausgerechnet Oberdorf. Mit Oberdorf hatte er sich noch nie verstanden.

»Er sagt, dass sich in dem Gebäude da vorne ein Junge befindet, den er als Lockvogel benutzt«, meldete der Jüngere.

Oberdorfs Schritte klackten auf dem Asphalt. »Ein

Ablenkungsmanöver. Das sind die bekannten Tricks des ehemaligen Kollegen Seldschuk.«

»Aber wir haben die Schreie des Jungen gehört«, widersprach der jüngere Polizist.

»Sie haben irgendwelche Schreie gehört, von einem Tonband, nehme ich an.«

»Ich weiß nicht«, sagte der Ältere. »Es klang verdammt echt.«

»Folgen Sie bitte meinen Anweisungen!«, sagte Oberdorf scharf. »Bringen Sie Seldschuk in die ZKR! Ich werde mir das Gebäude ansehen. Falls es dort einen Jungen gibt, werde ich ihn finden.«

»Seien Sie nicht so verdammt selbstherrlich, Oberdorf!«, stieß Seldschuk hervor. »Wenn dem Jungen etwas geschieht, tragen Sie die Verantwortung.«

Oberdorf grinste. »Ganz richtig, die Verantwortung liegt bei mir. Also: Ab mit ihm!«

»Oberdorf!«, kreischte Seldschuk.

Der ältere Polizist verstärkte den Griff, mit dem er Seldschuk gegen den Wagen presste, der jüngere nestelte an den Handschellen, die an seinem Gürtel befestigt waren. Seldschuk wusste, dass er nur noch diese eine Chance hatte. Er musste sich losreißen und zu dem Fabrikgebäude rennen, auch auf die Gefahr hin, dass sie ihn möglicherweise abknallen würden.

Er trat nach hinten und traf den Älteren zwischen den Beinen. Der Mann grunzte, seine Hände wurden schlaff. Seldschuk stieß ihn zur Seite. Der jüngere Polizist war zu überrascht, um einzugreifen.

Seldschuk hatte freie Bahn.

Doch Oberdorf war schneller. Der Hauptkommissar hatte etwas geahnt und sein Betäubungsgerät aktiviert. Genau in dem Moment, als Seldschuk losrennen wollte, sprang er vor und berührte den Hals des Expolizisten.

Der Betäubungsschlag traf Seldschuk wie ein Blitz. Für den Bruchteil einer Sekunde sah er den Boden auf sich zurasen.

Seldschuk blinzelte. Er fühlte sich wie nach einer Sauftour: starke Kopfschmerzen, Übelkeit, alles war verschwommen, und die Glieder gehorchten nur widerwillig den Befehlen seines Gehirns. Er registrierte, dass er in einem Auto saß, draußen flogen Geschäftsfassaden vorbei. Er schaute nach vorn und sah zwei männliche Hinterköpfe. Die Erinnerung kam zurück wie ein Schock. Seldschuk wimmerte.

Der jüngere Polizist drehte sich um. »Wie geht es Ihnen?«

Beschissen, wollte Seldschuk antworten. Heraus kam nur ein Lallen.

»Sie haben eine Platzwunde am Kopf. Ich glaube, es ist nichts Ernstes. Aber wir werden veranlassen, dass Sie von einem Arzt untersucht werden. Vielleicht haben Sie eine Gehirnerschütterung.«

Etwas hinderte ihn, die rechte Hand zu heben. Seldschuk bemerkte, dass er Handschellen trug. Mit beiden Händen tastete er den Kopf ab. An seiner Stirn klebte ein großes Pflaster. Jetzt sah er auch, dass Hemd und Jacke voller Blutflecken waren.

»Wir hatten keine andere Wahl«, fuhr der jüngere Polizist fort. »Hauptkommissar Oberdorf leitet den Einsatz.«

»Halt endlich den Mund!«, knurrte der Ältere. »Der Kerl hat mich getreten. Du musst dich nicht bei ihm entschuldigen.«

Conrady, dachte Seldschuk. Sie musste Jacob retten. »Oberrätin Conrady.«

Es war nur ein Wispern, aber der Jüngere hatte ihn verstanden. »Wir bringen Sie zur ZKR.« Er ignorierte den wütenden Seitenblick seines Kollegen. »Dort können Sie mit Kriminaloberrätin Conrady sprechen.«

Zu spät, dachte Seldschuk. Viel zu spät. Er krächzte: »Funk.«

Der Jüngere drehte sich um und griff zum Funkgerät.

»Nein, verdammt noch mal!«, fuhr ihn der Ältere an. »Wir mischen uns da nicht ein. Das ist Sache der ZKR. Sollen die sehen, wie sie damit klarkommen. Wir haben den eindeutigen Auftrag, lediglich Unterstützung zu leisten.«

»Und wenn der Junge stirbt?«

»*Falls* es einen Jungen gibt. Oberdorf hat gesagt, dass er sich darum kümmert. Also ist das *seine* Sache. Alles andere interessiert mich nicht.«

Der Jüngere sackte in den Sitz.

Seldschuk stöhnte. Jacob war verloren.

Als Conrady von Seldschuks Verhaftung erfuhr, saß sie gerade in der Kantine. Sie war nicht sonderlich beunruhigt. Oberdorf hatte sich in die Idee verbissen, dass der ehemalige Kollege in die Morde verwickelt war. Aber eine Überprüfung würde rasch den Beweis des Gegenteils erbringen. Und vielleicht war es sogar gut, dass Seldschuks Versteckspiel ein Ende nahm. Dann würde er sich bestimmt überreden lassen, die Aktion gegen den mutmaßlichen Strichjungenmörder mit ihrer Unterstützung durchzuführen.

»Er ist leicht verletzt«, sagte Laura Cicotti.

»Verletzt? Wieso?«

»Wilfried hat sein Betäubungsgerät eingesetzt. Anscheinend ist Seldschuk zu Boden gestürzt und hat sich die Stirn aufgeschlagen. Er wollte sich der Verhaftung entziehen, sagen die beiden Kollegen, die ihn abgeliefert haben. Er habe von einem Jungen geredet, der in Lebensgefahr sei.«

Conrady wurde bleich. »Was ist mit dem Jungen?«

»Keine Ahnung. Soviel ich verstanden habe, behauptet Seldschuk, den Jungen als Köder eingesetzt zu haben, um den Strichjungenmörder zu fangen. Wilfried ist noch vor Ort und geht der Sache nach.«

Conrady sprang auf, wobei sie gegen ihr Tablett stieß und ein Glas Joghurt umkippte.

»Wo ist Seldschuk?«

Cicotti wirkte erschrocken. »In der Arrestzelle. Ein Arzt hat ihn bereits untersucht. Die Verletzung ist nicht schwerwiegend.«

Das Letzte hatte Conrady schon nicht mehr gehört. Sie rannte durch die Tischreihen, verfolgt von erstaunten Blicken.

»Endlich«, stöhnte Seldschuk.

»Ich habe es erst jetzt erfahren.« Conrady rang nach Luft. »Wo hält sich der Junge auf?«

Seldschuk beschrieb die Position des Fabrikgebäudes. »Du musst sofort einen Einsatz anordnen! Ich traue Oberdorf nicht. Er ...«

»Erzählen Sie keine Lügen, Herr Seldschuk!« Oberdorf stand in der Tür. »Ich habe mir das Fabrikgebäude angesehen. Da gibt es nichts. Sie wollen nur von Ihren Taten ablenken. Doch damit kommen Sie bei mir nicht durch.«

Lieferscheidt und Cicotti tauchten hinter Oberdorf auf.

Seldschuk schaute Conrady flehend an. »Bitte! Jacob könnte noch am Leben sein.«

Die Kriminaloberrätin straffte ihre Schultern. »Es interessiert mich nicht, was Sie denken, Herr Oberdorf. Ich werde das Fabrikgebäude durchsuchen lassen.«

»Moment!« Oberdorf hob seine Hand. »Ich habe Grund zu der Annahme, dass Sie die Festnahme von Andreas Seldschuk vereiteln wollten.«

Einen Moment lang war Conrady überrascht. »Gehen Sie aus dem Weg, Herr Oberdorf! Darüber reden wir später.«

Oberdorf wich keinen Zentimeter zur Seite. »Ich verhafte Sie wegen Strafvereitelung im Amt. Jan, führ Frau Conrady ab!«

»Das kannst du doch nicht machen, Wilfried!«, sagte Lieferscheidt. »Das muss Thomas entscheiden.«

»Was geht hier vor?«, dröhnte die Stimme von Kriminaldirektor Thomas.

Conrady blieb cool. »Oberdorf hat mich festgenommen. Er ist total übergeschnappt.«

»Ich habe beobachtet, wie Sie sich am Freitagabend mit Seldschuk in einem Restaurant getroffen haben«, verteidigte sich Oberdorf. »Zu diesem Zeitpunkt wurde Seldschuk bereits gesucht. Ich nehme an, dass Sie ihn über unsere Ermittlungen informiert haben.«

»Hört auf mit dem Gequatsche!«, fuhr Seldschuk dazwischen. »Tut endlich etwas für den Jungen!«

»Welcher Junge?«, fragte Thomas.

Conrady klärte ihn auf.

»Sie müssen doch wissen, ob ein Junge im Auto war«, wandte sich Thomas an Oberdorf. »Ich denke, Sie haben Seldschuk beschatten lassen.«

Conrady erstarrte. »Wie bitte?«

»Ich weiß nichts von einem Jungen«, sagte Oberdorf. »Das Team, das Seldschuk verhaftet hat, war frisch im Einsatz.«

»Du Schwein!« Seldschuk hätte sich auf Oberdorf gestürzt, wenn er nicht von Conrady und Lieferscheidt zurückgehalten worden wäre. »Du hast mich verhaften lassen, damit der Kinderschänder entkommen konnte. Du bist der Informant, der ...«

»Ruhe!«, brüllte Thomas. »Wir können das leicht nachprüfen, Herr Oberdorf. War ein Junge im Auto oder nicht?«

»Vielleicht war ein Junge im Auto.« Oberdorfs Selbstsicherheit bröckelte. »Was spielt das für eine Rolle? Die Strichjungengeschichte ist ein reines Ablenkungsmanöver von Seldschuk. Mir geht es um den Serienmörder.«

»Seit wann haben Sie Seldschuk beschatten lassen?«, fragte Conrady.

»Seit Samstagmorgen«, antwortete Thomas.

»Und Jessica Osthues wurde in der Nacht von Samstag auf Sonntag ermordet. Sie wussten also genau, dass Seldschuk nicht der Mörder sein kann.«

Oberdorf blinzelte. »Wer sagt denn, dass es nur einen Mörder gibt? Meine Theorie ...«

»Sie sind vorläufig suspendiert, Herr Oberdorf«, unterbrach ihn Thomas. »Halten Sie sich bitte zur Verfügung! Und das Fabrikgebäude wird sofort durchsucht!«

Das Einsatzkommando in Kampfausrüstung hatte das Gebäude gesichert. Die Schwarzgekleideten durchsuchten jetzt einen Raum nach dem anderen. Conrady und Seldschuk folgten ihnen mit einigem Abstand.

Seldschuk fühlte sich immer noch schwach. Sein Herz raste. Was würden sie finden? Schlimmstenfalls gar nichts. Der Kinderficker und sein Bodyguard hatten Zeit genug gehabt, um alle Spuren zu verwischen und Jacob fortzuschaffen. Vielleicht steckte Jacob irgendwo in einem Keller oder er war ... Seldschuk mochte den Gedanken nicht zu Ende denken. Es war seine Schuld, nur seine Schuld. Was für ein Idiot war er gewesen. Niemals hätte er das Leben des Jungen aufs Spiel setzen dürfen. Damit konnte er nicht weiterleben, soviel stand fest. Er würde sich ...

»Hier!«, rief eine Polizistin. »Wir haben ihn.«

Seldschuk und Conrady rannten los.

Das Bündel auf dem Bett sah leblos aus. Seldschuk stockte der Atem. Dann sah er, dass sich das Bündel bewegte.

»Er lebt«, schrie die Polizistin. Sie hatte ein Messer in der Hand.

Die Stricke, mit denen Jacob gefesselt war, fielen zur Seite. Seldschuk kniete neben dem Bett und entfernte vorsichtig den Klebestreifen auf Jacobs Mund.

»Du Arsch!«, sagte Jacob. »Wo warst du denn?«

Seldschuk nahm ihn in den Arm und schluchzte.

Conrady saß in ihrem Büro. Sie hatte schon zwei Aspirin geschluckt, aber die Kopfschmerzen ließen nicht nach. Mit zwei Fingern massierte sie ihre Schläfen.

Die Ereignisse hatten sich in den letzten Stunden überschlagen. Oberdorf war verhaftet worden. Die Polizisten, die Seldschuk am Morgen beschattet hatten, bestätigten, dass sie Jacob im Auto gesehen und die Information an Oberdorf weitergegeben hatten. Als Oberdorf klar wurde, was Seldschuk vorhatte, machte er den entscheidenden Fehler. Er benutzte sein eigenes Handy, um den Täter zu warnen. Die Lokalisierung der Verbindung war eindeutig: Das angewählte Handy befand sich im Inneren des Fabrikgebäudes. Und es war auf das Büro des Politikers Hartmut Becker zugelassen, Kandidat für das Amt des Regierungspräsidenten im Ruhrgebiet.

Die Staatsanwältin hatte einen Haftbefehl für Becker beantragt. Trotzdem würde die Sache nicht einfach werden. Vermutlich stritt Becker alles ab, und außer ein paar verschwommenen Fingerprints, die, wenn sie großes Glück hatten, Becker zuzuordnen waren, gab es im Moment kein weiteres Belastungsmaterial. Denn Jacob konnte zwar den Leibwächter, nicht aber Becker identifizieren.

Auf die Gruppe B und Hauptkommissarin Melker würde noch eine Menge Arbeit zukommen. Alle Bewegungen Beckers in den letzten Monaten mussten akribisch rekonstruiert und mit den Morden an den Strichjungen abgeglichen werden. Sämtliche Helfer, Verwandte und private Kontakte Beckers mussten vernommen, jeder noch so kleine Hinweis musste gesammelt werden, um Becker zu überführen. Denn so wie es aussah, würde wohl alles auf einen Indizienprozess hinauslaufen.

Hoffentlich fanden sie bald Karim Salimi. Ein zweiter Zeuge wäre ungeheuer wichtig.

Ulrike Conrady zündete einen Zigarillo an. Sie dachte erneut darüber nach, dass Jacob nur um Haaresbreite dem Tod entgangen war. Wäre Becker nicht in Panik geraten und hätte er nicht fluchtartig das Gebäude verlassen, dann, da war Conrady sicher, hätten sie auch Jacobs Leiche auf einer Müllkippe gefunden.

Sie seufzte. Seldschuk hatte absolut fahrlässig gehandelt. Dafür würde er sich vor Gericht verantworten müssen. Zusammen mit der schweren Körperverletzung im Fall Bladen kam er um eine Gefängnisstrafe nicht herum. Doch Seldschuk schien seine Lektion begriffen zu haben. Dadurch, dass die Aktion ein glückliches Ende genommen hatte, gab es für ihn die Chance, noch einmal auf die Füße zu kommen.

Auch sie selbst war mit einem blauen Auge davongekommen. Kriminaldirektor Thomas hatte sie zu einer Aussprache gebeten und sie hatte keine andere Möglichkeit gesehen, als ihm die Wahrheit zu sagen. Sie gab zu, Seldschuk finanziell unterstützt und ihn über die Ermittlungen bezüglich der ermordeten Strichjungen auf dem Laufenden gehalten zu haben. Einzige Entschuldigung war der Umstand, dass sich Seldschuks Unschuld im Fall der Serienmorde inzwischen erwiesen hatte. Im Grunde genommen war die Verdächtigung von Anfang an haltlos und eine fixe Idee von Oberdorf gewesen.

Thomas hatte sie schweigend angeschaut. Sie wusste, dass ihre Karriere auf der Kippe stand.

»Sie haben gegen die Regeln verstoßen«, sagte Thomas. »Sie haben aus persönlichen Motiven die polizeilichen Ermittlungen gefährdet.«

Conrady hielt die Luft an.

»Aber ich kenne Ihre Fähigkeiten«, fuhr Thomas fort. »Ich brauche Sie. Deshalb belasse ich es bei einem Verweis und einer Eintragung in Ihre Personalakte. Gehen Sie an die Arbeit!«

Conrady blies einen Rauchring zum Fenster. Auch Peter Meisner war inzwischen aus der Haft entlassen worden. Zwar würde er wegen des Ankaufs und des Besitzes von Kinderpornografie vor Gericht gestellt werden, doch das rechtfertigte nicht länger seine Untersuchungshaft.

Das Wichtigste aber, das, was während der letzten Stunden in Vergessenheit geraten war und Conrady jetzt die meisten Kopfschmerzen bereitete, war die Tatsache, dass der Serienmörder weiter frei herumlief. Und vielleicht seinen nächsten Mord plante.

Das Telefon klingelte. Conrady sah auf dem Display, dass der Anruf aus dem Foyer des ZKR-Gebäudes kam.

»Hallo, Schlampe!«

Diesmal konnte sie der Stimmverzerrer nicht überraschen. Sie schaute noch einmal auf das Display. Kein Zweifel, der Anruf kam aus dem Foyer, vier Stockwerke unter ihrem Büro.

»Was ist, hat es dir die Sprache verschlagen?«

»Ja«, sagte Conrady schnell. »Mit Ihnen habe ich nicht gerechnet.«

»Eine Menge Arbeit am Hals, wie?«

Er weiß, dass alle von außen kommenden Gespräche aufgezeichnet werden, dachte Conrady, deshalb benutzt er einen hausinternen Apparat. Was für eine ungeheure Dreistigkeit.

»Woher wissen Sie das?«

»Oh, man hört mal dies und mal das.«

»Warum haben Sie Jessica Osthues getötet?«, fragte Conrady unvermittelt. »Was hat Ihnen diese junge Studentin getan?«

»Du hast ja keine Ahnung.« Trotz des Stimmverzerrers klang die Stimme wütend.

»Dann erklären Sie es mir!«

Der Mann lachte. »Ich liefere mich doch nicht selbst ans Messer. Du ...«

Conrady legte vorsichtig den Hörer auf den Schreibtisch. Sie erhob sich geräuschlos und schlich auf Zehenspitzen aus dem Raum. Nachdem sie die Tür hinter sich geschlossen hatte, beschleunigte sie ihre Schritte. Sie brauchte Unterstützung.

Lieferscheidt war der Erste, den sie entdeckte. Der Oberkommissar telefonierte gerade. Sie machte ihm ein Zeichen, das Gespräch zu beenden.

»Entschuldigung, ein Notfall. Ich rufe zurück«, sagte Lieferscheidt und legte auf.

»Der Mörder.« Conrady flüsterte beinahe, obwohl es ihr im selben Moment überflüssig erschien. »Er ist im Foyer.«

»Was?« Lieferscheidt sprang auf.

»Schnell. Haben Sie noch eine zweite Waffe?«

»Sicher.« Lieferscheidt zog die Schreibtischschublade auf und gab ihr eine Pistole. Seine eigene Dienstwaffe trug er im Halfter.

Sie rannten zum Aufzug. Auf der Fahrt nach unten berichtete Conrady von dem Anruf. Als sich die Tür öffnete, hielten beide ihre entsicherten Pistolen im Anschlag.

Das Foyer war menschenleer, abgesehen von den beiden Beamten im Glaskasten, die den Eingang kontrollierten.

Conrady lief zu den Polizisten am Eingang. »Haben Sie hier in den letzten Minuten einen Mann gesehen?«

Die Polizisten schauten sie verständnislos an.

»Mann? Hier war kein Mann«, sagte der eine.

»Aber ich bin von einem Apparat dort drüben angerufen worden.« Sie zeigte auf die Seitenwand, die mit mehreren halb offenen Telefonzellen ausgestattet war.

»Nein, da war niemand. Das hätten wir gesehen«, bestätigte der zweite.

Lieferscheidt, der die Telefonzellen kontrolliert hatte, gesellte sich zu ihnen. »Nichts.«

»Ich bin sicher, dass es ein Anschluss im Foyer war«, sagte Conrady.

»Wahrscheinlich ist er in das interne Telefonnetz eingedrungen«, vermutete Lieferscheidt. »Dann hat er die Leitung so manipuliert, dass es für Sie aussah, als würde er aus dem Foyer anrufen.«

»Der Kerl ist verdammt clever«, stöhnte Conrady.

Lieferscheidt nickte. »Das ist er. Er ist uns immer einen Schritt voraus.«

Sie schlenderten zum Aufzug zurück. Conrady fühlte sich leer, vollkommen erschöpft und gleichzeitig aufgekratzt. Sie konnte sich nicht mehr auf ihre Arbeit konzentrieren, aber sie hatte auch keine Lust, nach Hause zu fahren und darauf zu warten, dass sie müde wurde. Sie dachte an Seldschuk. Der hatte sich verpflichtet, Jacob am nächsten Tag in einem Heim abzuliefern. Den Abend wollte er mit dem Jungen verbringen. Also konnte sie ihn auch nicht anrufen.

»Haben Sie Lust, mit mir ein Bier trinken zu gehen?«

Lieferscheidt war überrascht. Zum ersten Mal machte ihm die Chefin ein solches Angebot.

»Ja, schon ...«

»Aber?«

»Kein Aber.«

»Keine Angst, ich werde Sie nicht anmachen.«

»Daran dachte ich nicht.« Lieferscheidt wurde rot. »Ich muss nur meine Frau anrufen und ihr sagen, dass ich später komme.«

»Dann tun Sie das!«

Conrady folgte Lieferscheidts rotem Porsche. Was wusste sie eigentlich über ihre Leute? Oberdorfs Verrat hatte sie vollkommen unvorbereitet getroffen. Ohne jemals darüber nachgedacht zu haben, war sie davon ausgegangen, dass sie den Mitgliedern der Sonderkommission vertrauen konnte. Natürlich, alle hatten saubere Personalakten, waren speziell ausgewählt und zusätzlich ausgebildet worden. Und trotzdem waren sie, wie jeder andere Mensch, zu Verbrechen fähig. Untersuchungen über Korruption bei der Polizei hatte sie nie mit ihrer eigenen Dienststelle in Verbindung gebracht. Merkwürdig, dachte Conrady, irgendwie glaubt man immer, dass die Schlechten ganz woanders sind. So, wie man sich auch nicht vorstellen kann, dass man selbst in dem Flugzeug sitzt, das abstürzen wird.

Inzwischen wussten sie, dass Oberdorf seine Informationen teuer verkauft hatte. Die Beträge waren bar auf sein Konto eingezahlt worden. Dass sie von Becker stammten, stand außer Frage. Aber auch das würde sich nur schwer nachweisen lassen.

Conradys Unbehagen hatte jedoch noch einen anderen Grund. Die Tatsache, dass Oberdorf sie beobachtet und Thomas ohne ihr Wissen Seldschuks Beschattung genehmigt hatte, ließ den Boden unter ihren Füßen schwankend werden. Bislang hatte sie sich im Korpsgeist der Kriminalpolizei geborgen gefühlt. Die Anfeindungungen, die sie wegen ihrer Geschlechtsumwandlung ertragen musste, spielten keine Rolle, sobald sie als Polizistin agierte.

Doch jetzt fühlte sie sich in eine Atmosphäre des Misstrauens katapultiert. Jeder verdächtigte jeden. Wo sollte das hinführen?

Und Lieferscheidt? Was wusste sie über ihn? Glücklich verheiratet, ein Kind. Laut Kantinenklatsch hatte er vor vielen Jahren eine erkleckliche Summe geerbt. Daher das eigene Haus und das teure Auto. Immerhin war er dadurch für Bestechung nicht so anfällig. Auf der persönlichen Ebene hatte sie den Umgang mit ihm gemieden. Lieferscheidt war nicht ihr Typ. Unauffällig, unscheinbar, der fleißige Arbeiter ohne Brillanz. Dazu dieser hässliche, dünne Oberlippenbart. Conrady seufzte. Fast bereute sie, ihn angesprochen zu haben. Dummerweise war kein anderer da gewesen.

If you can't be with the one you love, drink with the one you're with, wandelte sie eine bekannte Songzeile ab. Sie würde ein Bier mit ihm trinken und dann nach Hause fahren. Er wurde ja auch von seiner treu sorgenden Gattin erwartet.

Das Lokal in der Innenstadt, das sie ausgesucht hatten, war überfüllt. Die ständigen Regenfälle der letzten Wochen und die relativ kühlen Temperaturen hatten die Straßencafé-Saison frühzeitig beendet. Statt südlicher Atmosphäre gab teutonische Höhlensauferei den Ton an. Zum Glück fanden sie ein freies Tischchen an der Wand.

Sie bestellten Bier und kamen fast unweigerlich auf das Thema Oberdorf.

»Hätten Sie ihm so etwas zugetraut?«, fragte Conrady.

»Nein.« Lieferscheidt wirkte steif. »Er war, ja, fast ein Vorbild für mich. Ich meine, er gehörte einer anderen Generation an. Wir hatten kein sehr enges Verhältnis. Aber in letzter Zeit war er irgendwie merkwürdig.«

»Was meinen Sie?«

»Na ja, sein Hass auf Seldschuk, das war doch schon fast pathologisch. Und dann seine Alleingänge. Dass er Sie verfolgt hat und so.«

Conrady nahm einen Schluck Bier. »Gab es irgendwann einen Bruch, etwas, das sein Leben verändert hat?«

»Vor zwei Jahren hat ihn seine Frau verlassen. Das hat ihm einen ziemlichen Knacks gegeben, glaube ich.«

Conrady war erstaunt. »Davon wusste ich ja gar nichts.«

»Er hat es nicht an die große Glocke gehängt. War ihm irgendwie peinlich. Ich habe mal einen Flugschein für eine Person auf seinem Schreibtisch gesehen und ihn gefragt, warum er seine Frau nicht mitnimmt. Da hat er es mir erzählt.«

»Ein Flugschein?«, insistierte die Kriminaloberrätin.

»Ja. Nach New York. Das hat mich ja erstaunt. Passte gar nicht zu Oberdorf.«

»Glauben Sie, er ist ...«

»... öfter verreist? Ich denke schon. Um seinen Frust loszuwerden. Einfach übers Wochenende abdüsen. Wahrscheinlich hat er dann die Puppen tanzen lassen.«

»Und dafür brauchte er eine Menge Geld.«

Lieferscheidt senkte den Blick. »Anzunehmen.«

»Hat Sie das nicht stutzig gemacht?«

Lieferscheidt hob die Schultern. »Ich wusste nichts Genaues. Und es ging mich ja auch nichts an.«

Conrady mochte es nicht glauben. Wieso war ihr diese allgemeine Stimmung des Misstrauens und der Gleichgültigkeit entgangen? Dass man sich ihr gegenüber reserviert verhielt, war sie gewohnt. Sie hatte es stets darauf zurückgeführt, dass, von ganz wenigen Ausnahmen abgesehen, niemand mit einer Frau umgehen konnte, die früher ein Mann gewesen war. Vor lauter Egozentrik hatte sie übersehen, dass auch die anderen nicht offen miteinander redeten.

Und was war mit Anne Herzog und Laura Cicotti? Was hatten die zu verbergen?

Conrady trank ihr Bier aus. Ihr Bedarf an Enttäuschungen war für heute gedeckt. Sie wollte nichts mehr wissen.

XVIII

Frau Ministerin, in der Öffentlichkeit herrscht zunehmende Besorgnis über die Sicherheit im Ruhrgebiet. Ist die ZKR, die Zentrale Kriminalpolizei Ruhrgebiet, doch keine so hervorragende Einrichtung, wie immer behauptet wurde?

Serienmörder hat es in der Vergangenheit gegeben und wird es auch in Zukunft geben. Man darf die Qualität einer Behörde nicht aufgrund eines Falles beurteilen. Im Übrigen bin ich sicher, dass es bald zu einer Festnahme kommen wird.

Nun werden auch gegen Hartmut Becker, den Kandidaten für das Amt des Regierungspräsidenten, schwerwiegende Beschuldigungen erhoben.

Da laufen die Ermittlungen noch, deshalb möchte ich dazu keine Stellung nehmen.

Aber der Fall Becker berührt doch die politische Moral in unserem Land.

In der Tat. Sollten sich die Vorwürfe erhärten, müssen wir uns fragen, wie so ein Mann aufgestellt werden konnte. Allerdings ist die Frage in erster Linie an die Partei zu stellen, die ihn nominiert hat.

(Ruhr-TV)

Beim Abschied hatte Jacob doch noch geheult. Bis dahin hatte er mit lässiger Geste den Überlegenen gespielt. Da konnten der Heimleiter und die Sozialarbeiterin noch so freundlich sein. Stoisch, fast arrogant beantwortete er ihre Fragen, bei der Besichtigung seines Zimmers verhielt er sich wie jemand, der von den Vorzügen eines Neuwagens überzeugt werden wollte. Gab es einen Fernseher, wie hoch war die Wattleistung der Stereo-Anlage. Jacob ließ keinen Zweifel daran, dass er sich nur widerwillig in dieses Exil begab. Schließlich war er ein Held und längst in der Lage, sein Leben zu meistern.

Aber dann kam der Moment des Abschieds. Und plötzlich fiel der Panzer von ihm ab. Auf einmal war er wieder der dreizehnjährige Junge, der furchtbare Dinge erlebt hatte. Er stürzte in Seldschuks Arme und heulte wie ein Schlosshund. Und Seldschuk wiegte ihn sanft und versprach, ihn so oft wie möglich zu besuchen.

Seldschuk parkte drei Häuser von Bladens Bungalow entfernt. Aus reiner Gewohnheit beobachtete er die Umgebung. Bladen hatte geholfen, Becker ans Messer zu liefern. Zumindest hoffte Seldschuk, dass Becker geliefert war. Und er vertraute darauf, dass Ulrike Conrady nicht lockerlassen würde.

Aber ohne Bladens Mitwirkung wäre das nicht möglich gewesen. Und das würde den ehemaligen Zuhälter in gewissen Kreisen nicht beliebter machen. Die organisierte Kriminalität war darauf angewiesen, dass ihre Gesetze beachtet wurden. Sie zögerte nicht, Verräter zu bestrafen.

Alles war ruhig. Keine Autos und keine Gestalten, die nicht hierher gehörten. Seldschuk stieg aus und ging zur Haustür. Diesmal konnte er klingeln.

Seldschuk wollte sich bei Bladen bedanken. Jedenfalls nahm er das zum Anlass. Seit ihrem letzten Gespräch hatte er sich immer wieder dabei ertappt, dass er Scham empfand. Der Mann, dem er im Rollstuhl begegnet war, war nicht derselbe, den er zusammengeschlagen hatte. Er hatte einen Menschen getroffen, keine Verbrechermaske.

Und er fühlte sich schuldig. Bladens Worte hatten ihm die Augen geöffnet. Wie unglaublich selbstherrlich war es von ihm gewesen, sich selbst zum Richter zu machen. Was er getan hatte, war nicht wieder gutzumachen. Aber er konnte um Verzeihung bitten.

Wenn er ehrlich war, hoffte er sogar, Bladen als Freund zu gewinnen. Neben allen Zweifeln freute er sich darauf, ihr Gespräch fortzusetzen.

Die Tür öffnete sich nicht. Seldschuk schaute in die Videokamera. Sollte Bladen das Haus verlassen haben? Er klingelte erneut. Nichts rührte sich.

Er ging um das Haus herum. Die Vorhänge im Schlafzimmer waren zugezogen, das Wohnzimmer leer. Seldschuk drückte gegen die Terrassentür, sie sprang auf. Sofort bemerkte er den Pulvergeruch, der in der Luft hing.

Bladen saß in seinem Rollstuhl, neben dem Bett. Auf seiner Stirn klaffte ein rotes Loch. Der rechte Arm hing schlaff herunter, nur wenige Zentimeter von der Hand entfernt lag eine Pistole. Seldschuk war sicher, dass sich Bladens Fingerabdrücke auf der Pistole befanden. Allerdings hatte der Mörder übersehen, dass Bladen Linkshänder war.

Die Türglocke läutete. Seldschuk schaute auf den Monitor. Der Mann vom Pflegedienst.

Seldschuk war bereits auf dem Weg zur Terrassentür, als die Haustür geöffnet wurde. Der Pflegedienstmann kannte den Zugangscode.

»Herr Bladen?«

Schritte näherten sich. Zu spät, um durch die Terrassentür zu verschwinden. Seldschuk kauerte sich hinter das Sofa.

»Herr Bladen?« Die Stimme klang angespannt.

Seldschuk lugte um die Sofaecke und sah, dass der Mann in der Mitte des Wohnzimmers stand. Langsam ging er zum Schlafzimmer.

»Herr Bladen? Was ...«

Die Tasche prallte dumpf auf den Boden. Mit Entsetzen im Gesicht rannte der Mann den Weg zurück, den er gekommen war.

Seldschuk stand auf und wischte den Griff der Terrassentür ab, bevor er sich in die Büsche schlug und einen weiten Umweg zu seinem Auto machte.

XIX

Sie haben es immer noch nicht geschnallt. Die Bande ist blöder als ich dachte. Zugegeben, Oberdorfs furioser Abgang hat sie eine Weile abgelenkt. Hätte auch nicht gedacht, dass der Alte Internas an die Vereinigung der Kinderschänder verkauft. Wo er doch sonst so gern den Moralapostel spielt. Spielte, muss man wohl sagen. Im Bau, unter den anderen Knackis, kann er sich die Moral schenken. Tschüss, Oberdorf, war eine schöne Zeit, werde dich wohl nicht wieder sehen, meine Pläne für die Zukunft sehen anders aus. Ehe ich mich lebenslang einschließen lasse, mache ich lieber den Abgang, kurz und relativ schmerzlos.

Mit Oberdorf konnte man so herrlich über unsere Zwitter-Chefin lästern, Es, der hochnäsigste aller Hermaphroditen, na ja, mit ihm/ihr/es habe ich noch meine kleine Abrechnung vor. Die Vorbereitungen sind weitgehend abgeschlossen.

Denn trotz aller Blödheit sind sie mir auf der Spur. Cicotti hat schon ein Osterei gefunden, jetzt gräbt sie den ganzen Garten um, bis sie die anderen findet. Hartnäckig ist sie ja, das muss man ihr lassen. Eine Schande, dass sie mit ihrem guten Aussehen nichts Besseres anzufangen weiß. Immer die falschen Typen, immer unglücklich. Vielleicht hätte ich sie beizeiten mal vögeln sollen. Gewollt hätte sie bestimmt, aber ... Was soll's? Das ist Schnee von gestern. Aus und vorbei. Ich habe den Schlussstrich gezogen. Hier bin ich, da sind die anderen. Und dazwischen gibt es nichts.

Die Karten liegen auf dem Tisch. Jetzt heißt es nur noch warten.

XX

Leichen pflastern seinen Weg. Jack the Ruhrripper, Gedichtmörder – der Serienmörder, dessen blutige Spur durch Ruhrstadt führt, hat viele Namen. Radio Ruhr City – das Radio im Herzen des Ruhrgebiets. In unserer Livereportage begleiten wir heute eine Polizeistreife. Wir wollen wissen, was die Damen und Herren in Grün für unsere Sicherheit tun. Max O. Tietje ist unser Reporter unterm Blaulicht. Max, was geht denn so ab?
Reporter (kauend): Im Moment wenig. Wir ziehen uns gerade drei Dönertaschen rein, die wir in Can Özdemirs Fast-Grill geordert haben – mit einem Ohr am Funkgerät, selbstverständlich. Da, ich höre, dass die Zentrale einen Einsatzbefehl durchgibt. Es geht los.

(Radio Ruhr City)

Ulrike Conrady schüttelte den Inhalt des Glases. Der *Single Malt* hatte eine schwache gelbliche Färbung. Sie nahm einen Schluck. Nicht den ersten und nicht den letzten.

Sie dachte an das Telefongespräch mit Seldschuk. Wie immer hatten sie sich vorsichtig umkreist, wie zwei Raubkatzen auf einer Lichtung. Wer machte den ersten Schritt?

Sie hatten mit dem Sachlichen begonnen, da war das Terrain nicht vermint. Seldschuk erkundigte sich nach Becker. Und Conrady gab Auskunft: Becker leugnete immer noch, etwas mit den Strichjungenmorden zu tun zu haben, aber die Beweise verdichteten sich. Oberdorf hatte Becker regelmäßig angerufen, einer von Beckers Mitarbeitern fuhr einen roten Toyota, eine Gegenüberstellung mit Jacob war für den nächsten Tag geplant, die Fingerabdrücke im Fabrikgebäude passten zu Beckers Fingern, in Holland gab es einen Hinweis auf Karim Salimi. Doch Becker hatte eine Reihe von Anwälten aufgeboten, die verzögerten die Vernehmungen, kauten jedes Detail durch, erschwerten die Arbeit der Sonderkommission und trieben die Staatsanwältin in die Verzweiflung.

So weit, so gut.

Dann hatte Conrady die erste verfängliche Frage gestellt: »Warst du in letzter Zeit bei Bladen?«

Die Antwort kam einen Moment zu spät. »Nein.«

»Du weißt, dass er ...«, sie zögerte, »... Selbstmord begangen hat?«

»Nein.«

»Andreas, sei ehrlich! Ich kann dir nur helfen, wenn ich die Wahrheit weiß.«

»Ja, ich war bei Bladen. Er hat Jacob an Becker verkauft.«

»Bladen?« Sie war verwirrt. »Hast du ihn gezwungen?«

»Nein, er hat es freiwillig getan. Er hatte sich verändert, war ein ganz anderer Mensch geworden. Er wollte mir helfen.«

Conrady atmete schneller. »Hat dich jemand gesehen?«

»Nein.«

Gott sei Dank. »Die örtliche Kripo geht von Selbstmord aus. Vom Psychobild her stimmig. Ein Lebemann, der im Rollstuhl sitzt, verlassen, einsam, seiner Statussymbole beraubt.«

Seldschuk lachte. »Sie haben ihn umgebracht, weil er in ihren Augen ein Polizeispitzel war. So sind die Regeln. Bladen kannte das Risiko. Selbstmord klingt gut. Besser, ihr legt die Geschichte unter Selbstmord ab, als dass man mir noch einen Mord anhängt. Den wahren Mörder kriegt ihr sowieso nicht. Das war ein Profikiller von auswärts.«

»Und wenn Becker über seine Verbindung zu Bladen aussagt?«

»Wird er nicht. Damit belastet er sich nur selbst.«

»Was ist mit Jacob?«

»Der weiß nichts von Bladen. Ich habe ihm erzählt, dass ich die Sache selbst eingefädelt hätte.«

In Conradys Kopf pulsierte das Blut. Sollte Thomas davon erfahren, wäre sie endgültig geliefert. »Andreas, ich möchte dich sehen.«

Er schwieg.

»Heute. Jetzt.«

Seldschuk seufzte. »Das geht nicht. Ich habe eine Verabredung ... mit meiner Frau.«

Conrady fühlte sich vor den Kopf gestoßen.

»Ich weiß, es klingt seltsam. Ich will keine Versöhnung, nur ein paar Dinge klarstellen, mich für mein Verhalten der letzten Monate entschuldigen. Das, was mit Jacob passiert ist, hat mir die Augen geöffnet. Ich war wie von Sinnen, verantwortungslos, rücksichtslos, auch dir gegenüber. Ich muss mit mir selbst ins Lot kommen, bevor ich ...«

Bevor was? »Bevor was?«

»Bevor ich etwas Neues anfange.«

Sie pfefferte das Handy auf den Tisch. Das war's dann wohl. Dumm gelaufen, Pech gehabt.

Conrady betrachtete den Whisky in ihrem Glas. Noch so ein Abend, den sie flüssig verbringen würde.

Jemand läutete an der Tür. Sie stand auf, bewegte sich schwankend zum Eingang. Sie schaltete den Monitor ein und stutzte. Vor der Haustür standen Anne Herzog und Laura Cicotti.

Als Herzog und Cicotti eintraten, hatte Conrady die Whiskyflasche verstaut und einen Zigarillo angezündet. Sie hoffte, dass der Rauch ihre Alkoholfahne überdecken würde.

Mit einer übertriebenen Geste deutete sie auf das Sofa. »Bitte! Setzen Sie sich!«

Herzog warf ihrer Chefin einen prüfenden Blick zu. »Geht es Ihnen gut?«

»Ja, alles in Ordnung.« Ihre Augenlider flatterten. »Okay, ich habe ein Glas Whisky getrunken. Aber ich bin in der Lage, Ihren Worten zu folgen. Ich nehme an, dass es um etwas Wichtiges geht, wenn Sie hier zu zweit auftauchen.«

Herzog nickte. »In der Tat. Wir wissen, wer der Serienmörder ist. Jan Lieferscheidt.«

Zigarilloasche fiel auf Conradys Kleid. »Das ist ein Witz.«

»Leider nein.«

Die Kriminaloberrätin fühlte sich plötzlich nüchtern. »Berichten Sie!«

»Erinnern Sie sich, dass ich auf der Fahrt nach Münster sagte, man müsse nicht nur der Herkunft von Wandstroths Millionen, sondern auch dem relativen Wohlstand der Familie Bielmann nachgehen? Das habe ich getan. Werner Bielmann hat bei der Vernehmung behauptet, seine Frau habe eine Erbschaft gemacht. Das ist definitiv gelogen. Christine Bielmann stammte aus einer Familie, in der es nichts zu erben gab. Zu dem Zeitpunkt, als sich die Bielmanns ihr Haus kauften, arbeitete Christine Bielmann als Sekretärin beim Bauernverband. Sie betreute unter anderem den Bauern Paul Wennemeier aus Waltrop. Wennemeier war ein alter Mann, Witwer, er hatte seinen Landwirtschaftsbetrieb aufgegeben, aber er besaß noch den Hof und ein großes Grundstück, außerdem hatte er rund eine Million Mark auf dem Konto. Das Grundstück gewann zudem an Wert, weil sich ein Baugebiet darauf zubewegte. Wie viele andere Bauern der älteren Generation fühlte sich Wennemeier in Steuerfragen überfordert. Christine Bielmann machte für ihn die Steuererklärungen, sie wusste also genau über seine Vermögensverhältnisse Bescheid.«

»Moment mal!«, unterbrach Conrady. »Was hat Wennemeier mit Lieferscheidt zu tun?«

»Warten Sie ab!«, sagte Herzog. »Eines Tages taucht ein Rechtsanwalt bei Wennemeier auf. Er sagt, er sei ein Bekannter von Christine Bielmann und wolle dem Bauern bei der Verwaltung seines Vermögens helfen. Er redet über Aktienfonds, Risikokapital und Renditen. Wennemeier versteht nichts von dem Finanzchinesisch, aber er hat Vertrauen zu Christine Bielmann. Nach einigen weiteren Treffen unterschreibt er eine Vollmacht, die dem Rechtsanwalt erlaubt, frei über Wennemeiers Vermögen zu verfügen.«

»Lassen Sie mich raten!«, sagte Conrady. »Der Rechtsanwalt hieß Dieter Wandstroth.«

»Richtig. Das Ganze spielte sich vor rund fünfzehn Jahren ab. Drehen wir die Zeitschraube nun ein paar Jahre weiter. Die Million auf Wennemeiers Konto ist verschwunden, stattdessen besitzt er einige Urkunden, die sich als wertlos erweisen. Das vorher unbelastete Grundstück und der Bauernhof sind mit hohen Hypotheken belastet. Wennemeier hat kein Vermögen mehr, sondern Schulden. Alles in allem hat ihm Wandstroth ungefähr vier Millionen Mark oder zwei Millionen Euro abgenommen. Obwohl die einzelnen Vorgänge schwierig zu rekonstruieren sind, kann als sicher gelten, dass das Geld mit einigen Umwegen bei Wandstroth gelandet ist. Und Christine Bielmann, die Wandstroth den entscheidenden Tipp gegeben hat, bekommt ihren Anteil.«

»Paul Wennemeier nimmt sich einen anderen Rechtsanwalt und klagt gegen Wandstroth«, fiel Laura Cicotti ein. »Ich habe den Vorgang in den Gerichtsakten gefunden. Der Richter hieß übrigens ...«

»Norbert Terhünte«, sagte Conrady.

»Genau. Es war einer seiner ersten Prozesse als Amtsrichter. Kurz vor Prozessbeginn stirbt Paul Wennemeier. Der alte Mann war vollkommen verbittert, er konnte sich kaum die Anwaltskosten leisten. Das Erbe, das ja inzwischen hauptsächlich aus Schulden bestand, ging auf seine einzige Tochter Helga über. Helga Wennemeier war verheiratet mit Helmut Lieferscheidt, unser Kollege Jan ist ihr Sohn. Im Namen seiner Frau übernimmt Helmut Lieferscheidt die Prozessführung.«

»Wie ist die Klage ausgegangen?«, fragte Conrady.

»Sie wurde abgewiesen. Entscheidend für den Prozessausgang war ein Rechtsgutachten, das ein Juraprofessor aus Bochum abgegeben hat. Der Juraprofessor starb vor zehn Jahren, sein Arzt bescheinigte eine natürliche Todesursache. Nach den jetzigen Ereignissen habe ich daran meine Zweifel, wir sollten eine Exhumierung beantragen. Bald nach dem Prozess stirbt auch Helmut Lieferscheidt – an einem Herzinfarkt. Der Prozessausgang, die endgültig verlorenen Millionen, dürften dafür mitverantwortlich gewesen sein.«

Cicotti schwieg.

»Nun, das sind schwerwiegende Verdachtsmomente«, sagte Conrady. »Aber ich sehe noch keinen Beweis, dass Jan Lieferscheidt unser Mörder ist. Und warum soll er Jessica Osthues umgebracht haben? Die war doch damals noch ein Kind.«

»Jessica Osthues hätte den größten Teil von Wandstroths Vermögen geerbt«, antwortete Herzog. »In Jans Augen war das *sein* Geld. Außerdem hat sie das Leben geführt, das Jan sich erträumte: sorgenfrei leben und studieren zu können. Jan ist nach dem Abitur zur Polizei gegangen, weil er seine Mutter finanziell unterstützen musste. Sie hatte ja das Erbe ihres Vaters angetreten und damit die Schulden übernommen. Vermutlich hätte Jan lieber studiert. Laura hat entdeckt, dass er einige Semester Jura im Fernstudium absolviert hat. Daher auch seine Kenntnisse historischer Justizirrtümer. Dass er gerade diese Mordfälle kopiert hat, wird nun auch verständlich. Für ihn war das von Richter Terhünte gesprochene Urteil natürlich ein Fehlurteil.«

»Und wie konnte er seinen Lebensstandard finanzieren?«, erkundigte sich Conrady. »Haus, Sportwagen, teure Anzüge. Nach dem, was Sie sagen, hätte er sich das gar nicht leisten können. Oder ist er genauso korrupt wie Oberdorf?«

»Nein, das glaube ich nicht«, sagte Herzog. »Sein Leben war eine Trotzreaktion auf das erlittene, zumindest von ihm so empfundene Unrecht. Er wollte nicht auf das verzichten, was ihm vermeintlich zustand.«

»Tatsächlich hat Jan weit über seine Verhältnisse gelebt«, assistierte Cicotti. »Wir haben, mit aller gebotenen

Vorsicht, seine Finanzen überprüft. Sein Haus steht demnächst zur Zwangsversteigerung an und mit den Raten für den Porsche ist er auch im Rückstand. Überhaupt konnte er sich den Luxus nur leisten, weil seine Frau voll gearbeitet hat. Sie hat ihn vor drei Monaten mit dem Sohn verlassen und ist zu ihren Eltern gezogen. Unter einem Vorwand ist es mir gelungen, telefonisch mit ihr zu sprechen. Sie sagt, sie sei es leid gewesen, sich jede Mark vom Mund abzusparen, damit ihr Mann den wohlhabenden Macker spielen konnte.«

»Das dürfte den letzten Anstoß gegeben haben«, sagte Herzog. »Nachdem ihn seine Frau verlassen hatte, begann er Rachepläne zu schmieden.«

Conrady schloss die Augen, ihr war schwindelig. Zuerst Oberdorf, jetzt Lieferscheidt. Dazu noch der Whisky und die Zurückweisung von Seldschuk. Das war zu viel auf einmal.

Sie fühlte eine Hand auf der Schulter. »Geht es Ihnen wirklich gut?«

Das besorgte Gesicht der Hauptkommissarin schwebte über ihr.

Conrady lächelte tapfer. »Danke, es geht schon.« Ihre Stimme klang brüchig. »Ich bin nur ... ein wenig durcheinander.«

»Soll ich Ihnen ein Glas Wasser bringen?«

Conrady nickte.

Herzog kam mit dem Wasser, Conrady nahm einen tiefen Schluck.

»Uns erging es nicht anders«, sagte Herzog sanft. »Seit gestern Abend diskutieren Laura und ich fast permanent darüber. Es fällt uns schwer, einen Menschen zu verdächtigen, mit dem wir jahrelang zusammengearbeitet haben. Wir haben jedes Gegenargument und jede Alternative abgewogen. Erst als wir ganz sicher waren, sind wir zu Ihnen gekommen.«

Conrady lächelte mit schiefen Zähnen. »Was ist mit Ihrem tollen Täterprofil? Es passt nur bedingt auf Lieferscheidt.«

Die Hauptkommissarin grinste zurück. »Jedes Täterprofil ist nur gut, wenn der Täter es nicht kennt. Bedenken Sie, dass Lieferscheidt weiß, wie wir kombinieren. Die historischen Mordfälle, die Brecht-Zitate, das alles gehörte zu seinem Spiel, mit dem er uns aufs Glatteis geführt hat. Und in einem hatte Oberdorf ja Recht: Der Täter ist ein Polizist.«

»Trotzdem konnte er nicht davon ausgehen, dass er damit durchkommt.«

»Nein, das konnte er nicht.« Herzog wirkte nachdenklich. »Da verhält sich Jan nicht anders als jeder andere Serienmörder. Er will natürlich, dass die Welt den Grund für die Morde erfährt, sonst wäre seine Rache nicht perfekt. Ich hoffe nur, er glaubt, dass er noch genug Zeit hat. Andernfalls erwartet uns womöglich eine böse Überraschung.«

Plötzlich fühlte Conrady, wie ihr das Blut in den Kopf stieg. »Aber ... da gibt es etwas, das Lieferscheidt entlastet.«

Die beiden Polizistinnen erstarrten.

»Sie wissen doch, dass mich der Mörder zweimal angerufen hat. Beim zweiten Mal kam der Anruf aus dem Foyer des ZKR-Gebäudes, wie ich auf meinem Display erkennen konnte. Ich habe den Hörer vorsichtig auf die Tischplatte gelegt und mein Büro verlassen. Auf der Suche nach Unterstützung fand ich Lieferscheidt in seinem Büro. Er telefonierte gerade.«

»Logisch«, sagte Cicotti tonlos. »Mit Ihnen.«

»Aber er sprach mit seiner normalen Stimme. Der Mörder hatte einen Stimmverzerrer eingeschaltet.«

Cicotti dachte nach. »Warten Sie! Der Anruf kam aus dem Foyer, nicht aus Lieferscheidts Büro. Sie sind dann nach unten gefahren, nicht wahr?«

»Ja, ich dachte in dem Moment, dass wir den Mörder vielleicht erwischen könnten.«

»Und im Foyer hatte sich niemand aufgehalten. Laut Aussage des Sicherheitspersonals.«

Conrady nickte.

»Wer hat die Telefongeräte im Foyer kontrolliert?«

»Lieferscheidt.«

»Das ist es«, rief Cicotti. »Lieferscheidt hat im Foyer eine Relaisschaltung angebracht und sie selbst entfernt, als er mit Ihnen dort war. Natürlich ist er den Beamten am Eingang nicht aufgefallen, er geht ja mehrfach am Tag durchs Foyer.«

Conrady sackte in ihren Sessel. Es gab keinen Zweifel mehr. »Was schlagen Sie vor?«

Herzog und Cicotti schauten sich an.

»Wir müssen Jan so schnell wie möglich festnehmen«, sagte Herzog. »Er könnte einen weiteren Mord planen.«

»Wäre es möglich, dass er etwas von Ihren Ermittlungen bemerkt hat? Ich meine: Gehen wir ein Risiko ein?«

»Bei den Umfeldrecherchen bin ich ihm sehr nahe gekommen«, antwortete Cicotti zögernd, »obwohl ich versucht habe, meine Anfragen durch falsche E-Mail-Adressen zu tarnen. Ganz auszuschließen ist es nicht.«

Conrady holte Luft. »Nein. Der Mann hat vier Morde begangen. Er ist zu allem fähig. Wenn wir jetzt ein Einsatzkommando hinschicken, könnte es ein Blutbad geben. Wir nehmen ihn morgen früh fest, sobald er das Büro betritt. Für heute Nacht reichen vier Beamte, die das Haus großräumig überwachen. Sie dürfen ihm nicht zu dicht auf die Pelle rücken, verstehen Sie? Er darf auf keinen Fall merken, dass er beobachtet wird.«

Die Minuten verstrichen quälend langsam. Alle paar Augenblicke schaute jemand auf die Uhr. Normalerweise erschien Lieferscheidt um acht Uhr im Büro. Jetzt war es bereits Viertel nach acht. Und er hatte sein Haus noch nicht verlassen. Die Beamten, die ihn überwachten, waren angewiesen, jede Bewegung sofort zu melden.

»Wo bleibt er nur?«, fragte Cicotti, ohne eine Antwort zu erwarten. Das Herumsitzen machte sie wahnsinnig.

Auch die anderen litten unter der Anspannung. Conrady, Herzog, Cicotti und der junge Hübner saßen im Besprechungsraum. Sie hatten Papiere ausgebreitet und ihre

Laptops aufgestellt, um eine Routinebesprechung vorzutäuschen. Hübner war inzwischen eingeweiht, ebenso Kriminaldirektor Thomas und das Sicherheitspersonal. Für den Notfall stand eine Gruppe Nahkampfspezialisten des SEK bereit, die sich in den Stockwerken über und unter der Etage der Sonderkommission Serientäter befanden.

Die drei Frauen hatten dunkle Ringe unter den Augen, in der Nacht hatte keine von ihnen länger als eine halbe Stunde geschlafen.

»Ist er vielleicht abgetaucht?« Conrady sagte laut, was alle dachten.

»Unwahrscheinlich«, erwiderte Herzog. »Gestern Abend brannte Licht im Haus.«

»Könnte ein Zeitschalter sein«, mutmaßte Hübner. »Soll ich ihn anrufen?«

»Nein, noch nicht.« Conrady verschränkte ihre Hände. »Falls er krank ist, wird er von alleine anrufen. Wir dürfen ihn auf keinen Fall misstrauisch machen.«

»Es gibt noch etwas, das ich nicht versucht habe.« Cicotti lächelte nervös. »In seinen Computer einzudringen. Möglicherweise finde ich einen Hinweis. Es ist zwar gefährlich, aber angesichts ...«

»Versuchen Sie es!«, entschied Conrady.

Die Italienerin ging in ihr Büro. Hoffentlich liefen Lieferscheidts Computer und Modem im Stand-by-Modus, sonst war es ohnehin zwecklos. Ihre Finger flogen über die Tastatur.

Sie hatte Glück, der Zugang war möglich. Nun musste sie nur noch das Passwort finden. Dafür gab es im Zentralcomputer der ZKR ein Suchprogramm.

Ihre Hand schwebte schon über der Maus, als sie erstarrte: Lieferscheidt hatte sein Passwort deaktiviert. Warum verzichtete er auf die Sicherung seiner Dateien?

Fieberhaft blätterte sie durch die Dateien. Buchhaltung, Steuern, Korrespondenzen mit Händlern und Banken. Dann juristische Texte. Später würde sie das Material sichten, um ein Langzeitprofil des Täters zu erstellen, aber im Moment ...

Mein Gott, dachte Cicotti bestürzt, jetzt behandelte sie Lieferscheidt schon wie einen x-beliebigen Verbrecher.

Nicht denken, suchen!, befahl sie sich.

Sie stieß auf persönliche Briefe. Erst nach einigem Lesen stellte sie fest, dass die Briefe von Lieferscheidts Frau geschrieben worden waren.

Plötzlich raste ihr Herz. Vier Texte waren unter dem Stichwort *Geständnis* abgespeichert.

Sie lud die Texte in ihren Computer und schickte sie zum Drucker. Sekunden später hielt sie das erste Blatt in der Hand: *Geständnis. Nur für den persönlichen Gebrauch. Haha. Es ist so verdammt einsam hier im Haus. Für mich allein ...*

Cicotti las. Das war der endgültige Beweis. Lieferscheidt schilderte alle vier Morde. Als sie zu dem vierten und letzten Text kam, in dem sie selbst erwähnt wurde, stieg ihr die Schamesröte ins Gesicht. Dieser Arsch! Was bildete der sich ein! Wie hatte sie ihn nur jemals sympathisch finden können?

Sie ließ die Blätter sinken. In den letzten Minuten hatte sie alles um sich herum vergessen. Jetzt fiel ihr auf, dass am rechten oberen Rand ihres Computermonitors ein Icon blinkte. Eine E-Mail war eingegangen.

Sie holte die Nachricht auf den Bildschirm: *Hallo Laura! Dachte mir schon, dass du bei mir reinschaust. Bestell unserer Zwitter-Chefin Folgendes: Ich habe meinen Sohn und einen Nachbarjungen im Haus. Falls ihr möchtet, dass die Nachbarbrut lebend davonkommt, bin ich bereit, die Kinder gegen Conrady auszutauschen. Ihr habt eine Stunde. Und ich verhandle nicht.*

»Sie müssen da nicht reingehen«, sagte Kriminaldirektor Thomas.

Lieferscheidts Haus war von einem Einsatzkommando umstellt. Thomas und Conrady standen hinter dem gepanzerten Kommandowagen.

Immer mehr Fernsehteams rückten an, hinter den Absperrungen hatten sich Trauben von Menschen versammelt. Ein junger Reporter des Regionalradios, der seit den frühen Morgenstunden eine Funkstreife begleitet hatte, war der Verursacher des Trubels. Er hatte die Nachricht vom Kidnapping mitbekommen und sie live an seine Hörer weitergegeben. So wusste bereits das ganze Ruhrgebiet Bescheid.

Conrady deutete zu dem Notarztwagen, der innerhalb der Absperrzone geparkt war. Das laute Schluchzen einer Frau drang durch die Metallwand, es handelte sich um die Mutter des Nachbarjungen. Ihr Ehemann und Lieferscheidts Frau wurden dort ebenfalls betreut.

»Diese Leute würden mir nie verzeihen, wenn ich's nicht tun würde. Und ich mir auch nicht.«

Thomas kaute auf der Unterlippe. »Wir könnten es mit Blendgranaten und einem Blitzangriff versuchen.«

»Lieferscheidt ist kein naiver Bankräuber«, widersprach Conrady. »Er ist Polizist und darauf trainiert, auch unter Stress zielgerichtet zu handeln. Das Risiko ist zu groß.«

»Andererseits haben wir keine Garantie, dass er die Kinder laufen lässt.«

»Nein, die haben wir nicht.« Conrady fingerte an ihrem Ohranhänger. Der bunte Stein war eines von drei Mikros, die sie am Körper trug. Das sollte gewährleisten, dass die Einsatzleitung über alle Vorgänge im Haus auf dem Laufenden blieb, selbst wenn Lieferscheidt ein oder zwei Mikros entdeckte.

»Wenn es nur um seinen eigenen Sohn ginge«, sagte Conrady, »den liebt er ja anscheinend heiß und innig. Was mir Sorgen macht, ist der Nachbarjunge.«

Thomas' Kiefer mahlten. Dass es Lieferscheidt gelungen war, den Nachbarjungen ins Haus zu locken, ging ihm mächtig an die Nieren. Es war praktisch unter den Augen der Beobachtungsposten geschehen, doch die waren zu überrascht gewesen, um rechtzeitig zu reagieren.

Bis zu diesem Zeitpunkt wusste auch niemand, dass sich Lieferscheidts siebenjähriger Sohn Fabian im Haus befand.

Anscheinend hatte Lieferscheidt bemerkt, dass ihm Herzog und Cicotti auf der Spur waren. Am Nachmittag des Vortages war er bei seinen Schwiegereltern aufgetaucht und hatte seine Frau überredet, Fabian für eine Nacht mitnehmen zu dürfen. Nur noch dieses eine Mal, hatte er gebettelt, dann würde er in eine Scheidung einwilligen und ihr ohne Widerspruch das Sorgerecht überlassen. Gegen ihre eigenen Zweifel hatte Fabians Mutter eingewilligt.

Und dann war Fabian aus dem Haus gekommen, gerade als der Nachbarjunge das Grundstück passierte. Was die beiden Jungen miteinander beredeten, hatten die Beobachtungsposten nicht verstehen können. Sie sahen nur, dass der Nachbarjunge Fabian ins Haus folgte. Als sie den Vorgang der ZKR meldeten, war es längst zu spät.

Conrady schaute auf ihre Uhr. Die Stunde war fast um. Alle Versuche, Lieferscheidt telefonisch zu erreichen, waren bislang gescheitert.

Eine Polizistin sprang aus dem Kommandowagen. »Die Leitung ist jetzt frei.«

Conrady nahm das Gerät und drückte auf die Wahlwiederholungstaste.

»Lieferscheidt«, meldete sich der Angerufene nüchtern.

»Conrady. Ich bin bereit.«

»Schön. Dann kommen Sie zur Haustür. Ohne Waffen, bitte!«

»Lassen Sie zuerst die Kinder frei!«

Lieferscheidt lachte. »Ich bin doch nicht blöd, Frau Oberrätin. Zuerst Sie, dann die Kinder.«

»Wer sagt mir, dass Sie die Kinder freigeben?«

»Ich. Und das ist mein letztes Wort. Ich verhandle nicht. Entweder Sie sind in einer Minute an der Tür, oder Sie hören ein Kind schreien.«

Conrady richtete sich auf. »Gut. Ich komme.«

Ihre Knie waren weich, der Mund ausgetrocknet. Sie hatte schlicht und ergreifend Angst.

Die Tür öffnete sich, dahinter war es dunkel.

»Kommen Sie herein!«, hörte sie Lieferscheidts Stimme.

Sie machte einen Schritt, dann noch einen. Jetzt stand sie im Flur. Ihre Augen mussten sich erst an die Dunkelheit gewöhnen.

Die Tür flog zu, neben sich spürte sie eine Bewegung. Und dann traf etwas Hartes ihren Kopf.

Die Welt war um neunzig Grad verschoben. Sie wachte auf und hing gleichzeitig in der Luft. Sie stand. Wie war das möglich?

Ihr Kopf dröhnte, irgendwas verklebte ihr rechtes Auge. Sie wollte sich über das Auge wischen und merkte, dass sie ihre Hände nicht bewegen konnte. Allmählich wurde ihr klar, dass sie von Stricken gehalten wurde, die an der Decke befestigt waren. Außerdem stand sie auf einer Art Podest, sie konnte nicht genau erkennen, was es war, etwas Rundes, Metallisches.

»Ah, die Frau Oberrätin ist wieder munter.« Lieferscheidt betupfte das verklebte Auge mit einem feuchten Tuch. »Eine kleine Platzwunde, nichts Schlimmes.«

»Was soll das?«, krächzte Conrady. »Nehmen Sie mir die Fesseln ab! Ich laufe Ihnen nicht weg.«

»Sofort, sofort. Ich schneide die Seile durch. Allerdings mache ich Sie darauf aufmerksam, dass Sie auf einer Mine stehen. Das Ding geht hoch, sobald Sie hinuntersteigen.« Lieferscheidt nahm ein Messer und sägte an den Fußfesseln. »Das wäre dann das Ende, Ihres und meines. Im Tod vereint. Schön, nicht?«

Der Mann war wahnsinnig. Conrady fühlte, wie ihr der kalte Schweiß über das Gesicht lief.

Er trat hinter ihren Rücken. Die Stricke, mit denen ihre Hände gefesselt waren, fielen zu Boden.

»Ein Seil lasse ich Ihnen, zum Festhalten. Schätze, Sie sind noch ein bisschen wackelig auf den Beinen.«

Conrady krallte sich in dem Seil fest, das von der Decke hing. Schweiß durchtränkte ihr Kleid, sie musste dringend auf die Toilette.

»Seien Sie vernünftig!«, sagte sie mit einer Stimme, die einer anderen Person zu gehören schien. »Man kann über alles reden. Es muss nicht noch mehr Tote geben.«

»Reden ist gut.« Er stand wieder vor ihr. »Wir haben eine Menge Zeit. Dummerweise bin ich kein Minenexperte, ich weiß nicht, wie man das Ding entschärft. Scharfmachen, ja, das war kein Problem.« Er schüttelte bedauernd den Kopf. »Aber entschärfen ... Ich fürchte, Sie werden noch eine Weile so stehen müssen.«

Plötzlich fielen Conrady die Kinder ein.

»Die sind draußen«, antwortete Lieferscheidt auf ihre Frage. Er zwinkerte ihr zu und sprach direkt in das Mikro, das an ihrer Halskette befestigt war. »Alles in Ordnung, oder?« Er klopfte mit dem Fingernagel gegen das Mikro, eine Explosion in den Kopfhörern der mithörenden Beamten. »Ich habe nichts dagegen, dass die unsere kleine Unterhaltung mitbekommen.«

Lieferscheidt wirkte ruhig, fast gelassen. So, als ob er unter Drogen stehen würde.

»Ich hole mir einen Kaffee. Möchten Sie auch was?«

Conrady schüttelte den Kopf. Sie kannte den servilen Untergebenen und den obszönen Beleidiger am Telefon. Jetzt spielte Lieferscheidt eine neue Rolle, er war kalt und unberechenbar. Und das machte ihr am meisten Angst.

Im linken Bein zuckte ein Muskel. Sie wischte sich den Schweiß aus dem Gesicht.

Lieferscheidt rückte einen Sessel so zurecht, dass er Conrady direkt in die Augen schauen konnte. »Wissen Sie, von diesem Augenblick habe ich lange geträumt.« Er nahm einen Schluck Kaffee. »Wo ist Ihre Arroganz geblieben, Frau Oberrätin? Ihre Überheblichkeit, mit der Sie mich immer wie einen dummen Jungen behandelt haben? Sie sehen bemitleidenswert aus, wie ein nasser Sack, und, mit Verlaub, Sie stinken.«

Conrady betrachtete den Mann, der einen eleganten Anzug, weißes Hemd und Krawatte trug. »Jetzt, wo Sie Ihren Triumph genossen haben, könnten Sie das makabre Spiel doch beenden.«

Er lächelte böse. »Das geht leider nicht. Ich will nicht ins Gefängnis. Lebenslänglich wäre mir sicher. Was meinen Sie, als Juristin?«

Ihre Beine waren taub, das Seil rutschte durch die schweißnassen Hände. »Sie haben vier Menschen getötet. Was erwarten Sie?«

»Es gab keine andere Möglichkeit«, sagte Lieferscheidt. »Diese Leute haben ein Unrecht begangen. Sie haben mein Leben, meine Familie zerstört.«

Du musst ihn beschäftigen, dachte Conrady. »Es gibt immer eine andere Möglichkeit. Die meisten Menschen führen auch ohne Millionen ein zufriedenes Leben.«

»Weil sie keine Chance hatten. Ich hatte eine. Das begreifen Sie nicht.«

»Doch. Ich weiß, was Unrecht ist. Können Sie sich vorstellen, was es bedeutet, durch eine Laune der Natur das falsche Geschlecht zu bekommen, wie viel Hohn und Spott ich ertragen musste?«

Lieferscheidt winkte ab. »Das interessiert mich nicht.«

»Sie sind Polizist«, redete Conrady weiter. »Sie wissen, dass es nicht reicht, im Recht zu sein, man muss es auch beweisen können. Wie viele Täter müssen wir laufen lassen, weil uns die Beweise fehlen? Mag sein, dass Ihnen, oder Ihrem Großvater, übel mitgespielt wurde. Aber das rechtfertigt keine Rache.«

»Hören Sie auf!«, fuhr Lieferscheidt sie an. »Durch Cicottis Schnüffelei ist Ihnen bekannt, dass ich Jura studiert habe. Glauben Sie mir, ich habe eine juristische Möglichkeit gesucht, es gab keine. Ich musste selbst das Richteramt übernehmen.«

Lenk ihn ab, dachte Conrady. »Wer hat den Medien Informationen über unsere Arbeit gegeben? War es Oberdorf? Oder waren Sie's?«

»Ich. Ich wollte Ihnen Druck machen, sehen, wie Sie von der Öffentlichkeit geröstet werden. Und es hat ja auch hervorragend funktioniert.«

Er stand auf und näherte sich ihr bis auf wenige Zentimeter. Sein Zeigefinger wanderte über ihre linke Brust.

»Sind das Hormone oder haben Sie mit Silikon nachgeholfen?«

Conrady unterdrückte den Impuls, die Hand wegzuschlagen. Die Gefahr, dass sie bei einer Rangelei das Gleichgewicht verlor, war zu groß. Sie schluckte. »Und wie war das mit Meisner? Haben Sie das auch eingeplant?«

»Ich wusste, dass er von Wandstroth verteidigt und von Terhünte verurteilt worden war. Aber dass er sich mit Brechts Frauen beschäftigt hatte, war mir neu.« Lieferscheidt lachte leise. »Der arme Kerl hat Blut und Wasser geschwitzt, so wie Sie jetzt.«

Er umfasste ihre Brust mit der ganzen Hand. »Andererseits passte es mir gar nicht, dass Oberdorf auf Seldschuk fixiert war. Es lag nicht in meinem Interesse, die Sache endlos hinauszuzögern. War mir klar, dass Sie irgendwann auf mich stoßen würden. Und dieses kleine Spiel mit Ihnen wollte ich mir nicht entgehen lassen.« Er grinste. »Ein kräftiger Schubs und es wäre vorbei.«

»Sie Schwein!«, zischte die Polizistin durch die Zähne.

»Oh, jetzt werden Sie aber ordinär.« Er ging um sie herum und betatschte ihren Hintern. »Das bin ich von Ihnen nicht gewohnt.«

Sie bekam einen Stoß und schrie auf.

Lieferscheidt lachte. »Nur ein Scherz.«

»Sie verdammter Mistkerl!«, brüllte Conrady. »Tun Sie's doch! Oder ich steige von diesem verfluchten Ding runter und wir gehen beide in die Luft.«

»Pscht!« Er kam nach vorn und hielt einen Finger an den Mund. »Regen Sie sich nicht auf! Sonst kommen die bösen Jungs und fangen an herumzuballern. Habt ihr gehört?« Sein Mund war dicht vor dem Halsband-Mikro. »Es ist nichts passiert. Ihr könnt draußen bleiben.« Er lächelte Conrady an. »Warten Sie ab! Ich werde die Geschichte so zu Ende bringen, wie ich es mir vorgestellt habe.«

Lange hielt sie das nicht mehr durch. Sie fürchtete, ohnmächtig zu werden, und schloss die Augen. Ihr Atem ging stoßweise.

Als sie die Augen wieder öffnete, war es still im Zimmer. Sie schaute über die Schulter, Lieferscheidt war verschwunden. Ein neues, perverses Spiel?

»Er ist nicht mehr in der Nähe«, flüsterte sie in das Mikro. »Schaltet ihn aus, falls ihr ihn irgendwo am Fenster seht!«

»Sie haben hier nichts zu suchen«, knurrte Kriminaldirektor Thomas. »Wie sind Sie überhaupt durch die Absperrung gekommen?«

Andreas Seldschuk deutete ein Grinsen an. »Einige Beamte dachten wohl, ich sei noch im Dienst.« Seine Augen wurden schmal. »Was unternehmen Sie, um Ulrike da rauszuholen?«

»Gar nichts«, sagte Thomas barsch. »Wir warten ab. Lieferscheidt behauptet, dass Frau Conrady auf einer Personenmine steht. Leider haben wir keine Möglichkeit, den Wahrheitsgehalt zu prüfen.«

Seldschuk deutete mit dem Kinn auf Lieferscheidts Haus. »Ich könnte mich von hinten ranschleichen und mal nachsehen.«

»Den Teufel werden Sie tun«, fluchte Thomas. »Ich lasse Sie auf der Stelle festnehmen.«

Seldschuk hob seine Hände. »Okay, okay. Dann verraten Sie mir, wie lange Sie noch abwarten wollen!«

»Bis Lieferscheidt das Haus verlässt, mit oder ohne Conrady. Er wird Forderungen stellen, Geld, Fluchtauto, was auch immer. Sobald er mit einem Auto unterwegs ist, haben wir bessere Zugriffsmöglichkeiten.«

Seldschuk schüttelte den Kopf. »Ich glaube, dass Sie sich da verrechnen. Lieferscheidt weiß, wie der Hase läuft.«

»Es ist mir egal, was Sie glauben oder nicht. Ich bin nicht bereit ...«

»Was meinst du, Anne?«, wandte sich Seldschuk an Herzog, die neben Thomas stand.

»Schwierig zu sagen«, erwiderte die Hauptkommissarin. »Jan weiß, dass er auf Dauer keine Chance hat. Selbst wenn es ihm gelänge, uns vorübergehend abzuhängen – sein Bild wird über jeden Bildschirm flimmern, in jeder Zeitung abgedruckt werden. Es sieht so aus, als habe er diese Situation hier gewollt. Ich fürchte ...«

»Was?«, bellte Thomas, der sich übergangen fühlte.

Herzogs Stimme war flach: »... das Schlimmste.«

»Jan hat den Raum verlassen.« Laura Cicotti sprang aus dem Kommandowagen. »Conrady hat's gerade durchgegeben. Die Scharfschützen sind schon informiert.«

Im selben Moment hallten aufgeregte Rufe durch die Straße. Seldschuk, Thomas und die beiden Frauen fuhren herum. Sie sahen, dass sich die Tür von Lieferscheidts Haus geöffnet hatte.

»Nicht schießen!«, brüllte der Einsatzleiter des Sonderkommandos.

Lieferscheidt erschien im Türrahmen, in der rechten Hand hielt er eine Pistole.

Und dann fielen Schüsse.

Zuerst glaubte Seldschuk, dass einer der Scharfschützen die Nerven verloren hatte, doch schließlich begriff er, dass es Lieferscheidt war, der ziellos um sich schoss.

Ein Polizist schrie auf: »Ich bin getroffen.«

»Feuer!«, kommandierte der Einsatzleiter.

Gewehrschüsse peitschten. Lieferscheidt sackte auf der Türschwelle zusammen.

Conrady hörte, wie Schüsse fielen und Männer Befehle brüllten. Ihre Gedanken überschlugen sich. Hatte Lieferscheidt das Haus verlassen? Quasi Selbstmord begangen? Ein solches Finale würde zu ihm passen. Und was war mit der Mine? Hatte sie einen Zeitzünder?

Die Sekunden dehnten sich.

Endlich tauchten zwei dick gepanzerte Gestalten in Conradys Blickfeld auf.

»Es ist vorbei«, kam es dumpf durch einen Helm. »Lieferscheidt ist tot.«

Die Männer nahmen Conradys Arme und hielten sie fest. »Ganz ruhig! Wir helfen Ihnen.«

Conrady war nicht beruhigt. Ihre Beine zuckten wie wild. Nur nicht jetzt noch zusammenbrechen.

Ein Sprengstoffexperte kniete vor der Mine. Conrady hatte jegliches Zeitgefühl verloren. Es kam ihr so vor, als seien Stunden vergangen, seitdem Lieferscheidt sie allein gelassen hatte. Sie sah alles wie durch dichten Nebel.

Der Experte klappte sein Visier hoch. »Sie können runterkommen. Das Ding ist eine Attrappe.«

Conrady kippte um.

Sie war nicht ohnmächtig, aber sie nahm nicht richtig wahr, was um sie herum vorging. Menschen bevölkerten das Zimmer, man legte sie auf eine weiche Unterlage. Köpfe tauchten über ihr auf und redeten auf sie ein.

Irgendwann sah sie das vertraute Gesicht von Andreas Seldschuk. Seldschuk lächelte.

Da wusste sie, dass sie gerettet war.